诗心已共春花发

第二届「诗词中国」传统诗词创作大赛 ◎优秀作品选

「诗词中国」组委会 编

中华书局

图书在版编目(CIP)数据

诗心已共春花发:第二届"诗词中国"传统诗词创作大赛优秀
作品选/"诗词中国"组委会编. —北京:中华书局,2017.11
ISBN 978 – 7 – 101 – 12729 – 4

Ⅰ. 诗… Ⅱ. 诗… Ⅲ. 诗词 – 作品集 – 中国 – 当代 Ⅳ. I227

中国版本图书馆 CIP 数据核字(2017)第 187593 号

书 名	诗心已共春花发	
	——第二届"诗词中国"传统诗词创作大赛优秀作品选	
编 者	"诗词中国"组委会	
责任编辑	吴文娟 张 露	
出版发行	中华书局	
	(北京市丰台区太平桥西里 38 号 100073)	
	http://www.zhbc.com.cn	
	E – mail:zhbc@zhbc.com.cn	
印 刷	北京瑞古冠中印刷厂	
版 次	2017 年 11 月北京第 1 版	
	2017 年 11 月北京第 1 次印刷	
规 格	开本/880×1230 毫米 1/32	
	印张 8¾ 字数 50 千字	
印 数	1 – 2000 册	
国际书号	ISBN 978 – 7 – 101 – 12729 – 4	
定 价	48.00 元	

第二届"诗词中国"顾问与评审委员会

顾问:

冯其庸　叶嘉莹　袁行霈　林　岫　郑欣淼

评委: （按姓氏拼音首字母排序）

曹　旭　　段晓华　　顾之川　　蒋有泉　　景蜀慧　　康　震

李树喜　　刘青海　　刘扬忠　　钱志熙　　屈哨兵　　沈锡麟

施议对　　宋彩霞　　陶文鹏　　王　玫　　辛晓娟　　杨　雨

曾大兴　　张鹏举　　赵京战　　赵仁珪　　郑福田　　钟振振

周啸天　　周兴俊

出版说明

由中华书局发起，联合中国出版集团、光明日报、中央电视台、中华诗词学会、中华诗词研究院、中国移动共同举办的第二届"诗词中国"传统诗词创作大赛于2014年9月28日（孔子诞辰日）在古城西安启动，2015年3月31日投稿结束，2015年8月8日举办"诗词中国"颁奖典礼。

第二届"诗词中国"在6个月征稿期内，共征集了111843首原创诗词作品，投稿量达到首届大赛的2.9倍。投稿者遍布全国31个省、自治区、直辖市。大赛倒计时阶段，从2015年3月20日开始，日均投稿量就从之前的800余首跃升到1000首以上，相当于每1.5分钟就有1篇新的投稿。短信覆盖的总用户数达2901.95万人，短信参与总量7732.37万次。这一组数字，再次见证了广大传统诗词爱好者勃发的诗性。

本届大赛的一大亮点是"诗词中国"手机客户端的上线。2014年10月1日，组委会历时一年打造的"诗词中国"手机客户端正式上线，迅速成为第二届"诗词中国"最主要的投稿、转发和参与平台之一。截止到2017年7月，应用市场累计下载3600万，累计使用用户数约629万。这款集合了投稿参赛、投票转发、诗词搜索、诗词游戏、以诗会友、格律检测等功能于一体的手机APP，在提供便捷的参赛方式之外，更以其强大的学习、社交、娱乐功能，成为了普通民众最贴心的"诗词宝典"，并获得广泛赞誉。早在2014年3月8日，中共中央政治局委员、国务院副总理马凯同志就对第二届"诗词中国"作出了"利国利民利长远"的评价，并对当时即将推出的手机客户端，给予特别关注，称"让中华诗词插上现代科技的翅膀，这是一大发明"。

作为中国首个"大规模、高规格、全媒体"的传统诗词欣赏与普及活动，"诗词中国"发现了众多民间诗人，涌现出一大批具有时代精神，个性鲜活的优秀诗词作品。在"诗词中国"的投稿作品中，能够看到普通得不能再普通的社会生活和人情冷暖：

多年来坚守山村小学、用诗词承载孩子们梦想的"灶间诗人"段丽珍，用一句"千丝万缕徒增恨，任尔漂流不系舟"，道出了千千万万留守儿童与父母分离时的伤感；"未报三春晖，愧为草向阳"，是外出务工的子女对空巢父母的满腔愧疚；"轻摇葵扇榕阴下，指点三军跨楚河"，是夏日村翁榕阴弈棋的欢情豪气；"从此青山遮不住，乡心一夜入蓉城"，是铁路工人自豪感与思乡情的完美交织。还有旅途的美景，离别的感伤，合家团圆的欣喜和时光流逝的感慨，初为父母的骄傲和责任，打工者的艰辛生活和美好期盼……这些植根平凡生活，却又饱含隽永深情的佳作，彰显着诗词这一中华传统文化的瑰宝，在当代社会仍然熠熠生辉。

本届大赛以"诗词中国"手机客户端和手机短信为主要参与平台，运用微信、网站、电视、飞信等全媒体手段对大赛予以全程播报，实现了新技术与传统文化的完美结合，开创了全媒体、多角度普及传统文化的新思路。

三年时间，两届大赛，"诗词中国"以其"低门槛、高品质、全国性"的定位，成为了众多诗友们展示才华、切磋诗艺的不二选择。

本书内容分三部分：第一部分，"诗词中国"顾问与评委作品赏析。本次活动邀请了叶嘉莹、冯其庸、袁行霈、林岫、郑欣淼等当代文化学者参与了整体指导和具体评审工作。为了让广大诗词爱好者有机会鉴赏与学习优秀传统诗词作品，同时深化本次大赛的文化内涵，我们收录了大赛顾问与评审的诗词作品，以飨读者。第二部分，第二届"诗词中国"传统诗词创作大赛获奖作品选。此部分内容收录大赛主赛成人组优秀作品，供广大诗词爱好者学习鉴赏。第三部分，青少分赛获奖作品选。此部分收录大赛青少分赛优秀作品，供广大诗词爱好者交流品鉴。

出版本书，意在使参赛选手的作品能够与广大诗词爱好者见面，听取大家的意见和点评。个别作品亦不免有瑕疵，但本着交流提高的目的，并未作删改，而是以实貌示人。相信对于参赛者及广大诗词爱好者来说，都是一份弥足珍贵的记忆。

"诗词中国"组委会

二〇一七年七月

目 录

第二届"诗词中国"传统诗词创作大赛获奖作品选

绝句

优秀奖

律诗

一等奖

二等奖

三等奖

词

三等奖

优秀奖

古风

优秀奖

青少分赛获奖作品选

绝句

优秀奖

律诗

一等奖

二等奖

词

一等奖

优秀奖

古风

一等奖

二等奖

三等奖

优秀奖

第二届"诗词中国"传统诗词创作大赛颁奖典礼五人感赋

谒金门

参加第二届"诗词中国"传统诗词创作大赛颁奖典礼感怀

林 岫

吟帜举。诗路漫天花雨。管领风骚谁是主？今朝人楚楚。

十万清朋雅侣，一快豪情如许。放眼家山皆好句，浩然龙凤舞。

南歌子

第二届"诗词中国"传统诗词创作大赛颁奖典礼感赋

施议对

阆苑烟光好，金秋桂子香。咏歌饮酒上华堂。网络互联来共话康庄。　　经国文章事，晴川日月长。再淳风俗北征忙。著作于今勿用问山藏。

鹧鸪天

第二届"诗词中国"传统诗词创作大赛颁奖典礼观感

易 行

又见诗魂又见花，芜湖洱海映奇葩。举国一赛山河壮，咏月歌风十万家！　　天碧碧，浪哗哗，知春不止水中鸭。华堂光似银河泻，圣殿潮如雪爆发。

沁园春　诗魂中华

李文朝

古老文明，千载骚魂，独秀宇中。自诗经集典，楚辞添彩，唐风问鼎，宋韵争雄。元曲新弹，明清别唱，曾遇寒霜依旧红。逢春雨，看群芳吐艳，万木葱茏。　　天生华贵雍容。四声字，图形音律融。赞抑扬顿挫，寄怀似酒，均齐对称，悦目如虹。妇幼同吟，城乡共咏，锦绣神州颂雅风。扬国粹，把心灵滋润，意远情浓。

临江仙

出席第二届"诗词中国"颁奖典礼

钟振振

真正里翁邻媪，寻常农妹兵哥。骚人今胜汉唐多。白云驰健笔，黄土吼高坡。　　为有音符跳跃，从教文字婆娑。诗情画意竟如何？星光中国梦，海浪大风歌。

清荫留与后人看

林　岫

斗柄指东，天下皆春。春和物萌，最易种树。古代没有种树节，但官衙、学府、城野人家逢春都鼓励种树。《孟子·梁惠王上》有"五亩之宅，树之以桑"，将植树与安居看作同百姓生计同等重要，也是孔孟主张仁善教化的一大良策。翻检史书的《良吏传》或《循吏传》，笔涉"治荒护岭"多有循吏鼓励百姓植树种茶事。为保护树林，各地方官吏亦有管理惩罚规定。《晏子春秋》记齐景公爱槐树，使人守之，并发布命令，"犯槐者刑，伤槐者死"；如果酒喝高了撞树也不行，"有醉而伤槐者，且加刑焉"，硬性规定，条律可行。

《隋书》记载过配发桑榆树苗的事。《南史》称沈瑀"为建德令，教人一丁种十五株桑、四株柿及梨栗，女子丁半之。人咸欢悦，顷之成林"。唐开元时杭州刺史袁仁敬"治郡之暇，植松以达灵隐寺，凡九里，左右各三行，每行相去八九尺，苍翠夹道，号九里松"，留下过美声嘉名。很难说古人有多高的环保意识，毕竟岁岁为故里种树，做点公益事，能千秋永葆功德、福惠子孙的习俗，也是人心向善，善成于道。

诗人爱种树，又种后赋诗留念，史不少见。披卷阅读王维的"闭户著书深岁月，种松皆作老龙鳞"，苏轼的"孤根裂山石，直干排风雷。今我百日客，养此千岁材"、"去年东坡拾瓦砾，自种黄桑三百尺"，韩琦的"得地最宜儒馆种,结根须作栋梁看",崔涂的"天暝岂分苍翠色,岁寒应识栋梁材",贾岛的"更堂寓直将谁语?自种双松伴夜吟",黄仲瑶的"劝君更种松与梅,岁寒清绝成三友"等诗,想想那"好树遮窗当画看,百年争作栋梁材"的远近美景,都会觉着清气扑来,雅兴不浅。

台湾竹枝词有"难忘故乡山上月,银辉落处是乡愁";"难忘故乡山上树,天涯游子也回头",看来明月和林间花木最能引发故土思恋之情,故游子诗中借物抒发乡情,除却明月,最多的就是林间花木。画家张大千晚年在域外建环碧庵别业,因乡情难耐,曾种梅树百本,经常和泪题画梅花,有诗曰"缀玉苔枝乞百根,横斜看到长成村。殷勤说与儿孙辈,识得梅花是国魂",又"百本栽梅亦自嗟,看花坠泪倍思家。眼中多少顽无耻,不识梅花是国花",又"片石峨峨亦自尊,远从海国得归根。余生余事无余憾,死作梅花树下魂"等,皆苦心辗转梅树,思归不得,情何以堪。

种树之功,既依仗大自然的慷慨赐予,也在乎社会的倾情关注。古代地方官吏不管官职大小,只要在位处理郡治期间,没把种树稼穑等当作公务来抓,关怀民生方面必定丢分。清代做过地方官的诗人曾晖春写过一首《艾城官舍公余手植桐竹松梅》,诗曰:

> 梅花高洁竹檀栾,松子桐孙次第安。
>
> 莫道衙斋如传舍,清荫留与后人看。

檀栾,形容嫩竹秀美。首二句分写题中"桐竹松梅"四字,论作法,这叫"分点题面"。传舍,即旅店。诗的主意在劝导,说不要把衙门当作仕途过路的歇脚旅店,多种些树,办些实事,也是功惠德范的大事。借种树,表白一下做父母官的态度和感想,如果真的发自肺腑,百姓自然有幸。

种树,能想到"清荫留与后人看",先有了奉献的精神。所谓"前人种树,后人乘凉",是美意传承。后人呢?想想前人的功惠,知道谢忱感恩,也岁岁种树,大概就不会有今天这么多山荒河枯、草原"沙化"的麻烦了。

其实，算计算计，林木清荫在功惠后人之前，也给种树人留下不少实惠。种树成材，先不说那减缓水土流失和为栋为梁的大实惠，单凭好树如画，富氧净化环境，就让人美不胜收。春天能回黄转绿，林木葱茏，现出蓬勃锦绣生机，自不待言。入夏呢，流碧环翠，还能在供赏之外拂炎遮雨，清烦祛暑。《闽志》载有北宋大书法家蔡襄（字君谟）在闽南为官时，因暑潦瘴害，"令夹道种松，以避歊毒"事。《闽志》曰"至今赖之"，可见种树避瘴确实有效。山林入秋，硕果丰盛，几可与稻黍同功，那"拂袖金丸落，横枝玉颗垂"、"一年好景君须记，最是橙黄橘绿时"（苏轼）等诗句，足证秋色之可爱可贵。待到寒冬腊月，树以铜干铁枝蔽风御雪，又有雾凇冰挂供人清心悦目。此际若能展读"凌寒翠不夺，迎暄绿更浓"（魏收），又"凌风知劲节，负雪见贞心"（范云），"翠色本宜霜后见，寒声偏向月中闻"（韩溉）等诗句，精警极似座右立铭，定能让人抖擞精神。

由此观树，四季成岁，岁岁如此，功莫大焉。不仅历代诗人称颂不已，传统的家训族训也有"种树成林犹树德，年年功惠子孙多"之说，信无虚言。

种树，何以能树德呢？大概因为种树有益家国，还可以净化美化心灵，蔚然良好风气，所以印证于人，说种树犹如树人树德。好话，容易理解，只是好事践行非易，难免时有不询廉隅的人事发生。

种树，既然是好事，种树人则须自养美好心田。树成栋梁，与人成良材，何其相似。另外，万物有性，物以性示人，对人的立德养性多少还有点样板教育的作用。譬如松柏之奇倔耐瘠，冬青之蓬勃傲寒，梅花之战雪凌霜，翠竹之劲节虚心等，皆可以为人施教。读至"岁寒色不改，劲节幸君知"（李峤）、"翠柏信良材，成长计功迟"（方孝孺）、"庭雪到腰埋不死，如今化作两苍龙"（苏轼）等，亦能对树木怦然高望，恭敬几分。

宋代跟范仲淹一起防御西夏入侵有功的陕西安抚使韩琦移种小桧，写过一首《小桧》，诗意诗法颇堪玩味。诗曰：

> 小桧新移近曲栏，养成隆栋亦非难。

> 当轩不是怜苍翠，只要人知耐岁寒。

前两句说养桧成材的近况和希望，为后两句预作铺垫。主意欲说种树可以教育"人知耐岁寒"（激励自己培养吃苦耐劳的品德），诗人偏从反面的"当轩不是怜苍翠"曲折道来，歪打正着，主意的跳脱会更加警醒。人才颐养，难在始终，但随时以小桧为榜样，严格律己，自树人杰，养成隆栋应非至难。诗歌述理有"反正推进"一法，《小桧》即可印正。

据《杭州志》载，曾有兄弟不和，同赴县衙门打官司，因路途遥遥故，夜行至古树下休息。天亮后见古树枝叶相交相亲，翠盖蓊郁，原是同根而出的伯仲树，惊讶树有宽容退让之德，相比自己的作为，低头深悔不已，遂罢讼，携手还家。"庭种竹梅松柏树，一门风雅自清新"，传统以美德治家，常以清物蔚然门风，标榜自有道理。

曲阜孔林有千年楷树，其木纹理如贯钱，有纵无横。《阙里志》说："以之为杖，可以戒暴。"明清时曾有人题过《孔府楷杖诗》，诗曰：

> 纵理无横子贡栽，孔林原自不乏材。

> 楷能戒暴为人杖，草木都从养性来。

戒暴，即不准横行霸道。曲阜楷木是否真是子贡等孔门贤弟子所栽，恕不讨论，但其纹理有纵无横，无疑是天生好教材。德教，非一味忍让求和，也需要善的威慑力，以楷为杖，教育或惩治一下奸小不肖，未尝不可。所以，游客至曲阜，解读此诗后，对楷杖戒暴并能启迪养性，无不肃然。

《南史》说襄阳韩系伯欲在地界上种树，恐树荫覆盖邻人地，便离界数尺栽种，邻人随即乘机侵界数尺，韩系伯又改种另处，邻人惭愧万分，便退出侵地，两家从此和善相处。种树本是好事，如果由此引起利益纠纷，打架争讼，则适得其反。"左翼作家联盟"的老诗人柳倩早年在广西碰上过种树争地的事。东邻种树侵界，推倒原有的竹篱，柳老有心学习韩系伯，没去计较，数日后东邻得寸进尺，居然毁篱另插新篱，侵地愈甚，柳老无奈，写诗一首贴在墙上，诗曰：

种树西征焉值当？橘儿甘苦许同尝？

篱笆纵插九州遍，不见当年秦始皇！

东邻见诗，觉得有愧，遂退篱重种。柳老此诗分明借法明代林瀚的《戒子弟》。林瀚居官在外，子弟因宅基地与邻里争执不休，写信与林瀚，欲借其威望了结纠纷，林瀚作《戒子弟》回复，曰："何事纷争一角墙？让他几尺也无妨。长城万里今犹在，不见当年秦始皇！"此诗用对面白话，述理如常，却精警深刻。后来林家子弟率先让地三尺，邻家亦让，遂和好如初，留下佳话。想来也是，纵玉树金墙，谁都不能生前逝后永远拥有，争利不如避利从善。道理归道理，利益当前时能做到轻利重情，选择退一步海阔天高的，确实难得，所以赵朴初先生说："避利或可避害，但从善如流，更是自我超度。"妙哉斯言。

种树，与治理社稷相比，毕竟小事。然而，逢着事有例外，小事忽地变大，堂皇载入史册者，也不少见。清左宗棠率军赴新疆收复国土时，遍植耐寒耐旱的柳树，既造福于民，又功德镌铭于史；后人拜观挺立沙丘的排排"左公柳"，温习历史，缅怀前贤风范，料不难理解左公的苦心，也会对种树竟能见证历史，有一番刻骨铭心的别样感受。

说种树，绕不开的话题当然是砍树。《淮南子》曰"直木先伐，甘井先竭"，直令千秋智者先忧。滥砍盗伐，无尽索取，始终是古今棘手的难题。

种树，本为便取便用，却要严禁滥砍盗伐；天下事有难而必须为者，护树即是一例。面对拱抱杰构，工匠手下留情，客观上可以起到一些保护作用。台湾阿里山森林的珍贵红桧曾在日本占领时期遭到过疯狂掠夺，其中光武神木群中千岁乃至三千岁的古桧能够部分幸免，与当地山民不忍运斤,冒死引路而令盗伐者困死深山不出有关。盗伐者迷山困死,以及后来入山便闻风战栗,当然不是神木显灵,山民护树的机智和大无畏,都可歌可泣。北宋诗人黄庭坚曾亲历过衡山古松下"巧匠旁观,莫之能伤"的感动,也以大材为奇,奇材必须保全,发出过"勿伐勿败,祝圣人寿"的倡议。黄庭坚将古松看作"圣人",绝非过情之誉,能保持敬畏的真诚心态,其衷当怀"崇善必恭"的古风。

古代盗树有罪,尤以盗伐河堤榆柳、墓地林木为严重,判刑大都过于一般偷盗罪。明代《弇山堂别集》记"南京神宫监太监王采,以盗伐孝陵树木论斩"。又康熙三十三年刑部"议阿哈尼坎盗伐风水禁地树木,罪应立绞",康熙以满人阿哈尼坎"非内地愚人,无知犯禁",恕减为"枷责罚落",算是送了个便宜。据《四川志》载,绵竹县昔有一寺,寺中古柏峨峨壮观,县令欲砍伐古柏用来建造官署,乡民畏其权势,"莫敢逆者"。寺有老僧,偏不听邪,愤然题一绝云:

> 定知此去栋梁材,无复清阴覆绿苔。

> 只恐深山明月夜,惧他千里鹤归来。

"县令见之,恻然而止"。此诗前二句述说权势压人,现实严酷,道出无奈。后半,一恐一惧,二字足令盗伐者心虚胆颤。老僧略施小计的恐吓,威慑有力,大约县令已经感觉到乡民敢怒不敢言的无形压力,故及时作了收敛。因为史笔或因权势压抑,有时会做出违背史实的改易,结果是非颠倒,诚信严重偏移,而诗笔崭崭入集,或可存照千秋,所以古人常道"不畏史笔,反畏诗笔";闻绵竹僧题诗止伐事,应当信然。

严惩固然可止一时盗伐,如果人无善德,树亦难保。严惩莫如善教,无论古今,多种树,种好树,管好树,都是硬道理。在种树爱护与毁林盗伐问题上,能思考并勘破历代种树衰败根源,比较透彻的是清初理学家李光地(1642-1718)。李光地,康熙九年(1670)进士,《清儒学案》评为"学博而精"，其《榕村语录》引《管子》的名言"一年之计树谷，十年之计树木，百年之计树人"后，评论道"句句都好，若再加一句'千年之计树德'，更完全"，认为种谷种木树人都很重要，但关键在于树德，如果社会缺乏树德的良好风气，种谷种木树人仍然得不到保证。当时有人问李光地："管子不解道此，想即是他器小处？"李回答非常肯定："然。他见处只到得树人而止。"与管子只见到"树人"的"百年之计"相比，李光地提出"千年之计树德"，确实是巨眼鸿裁，高屋建瓴。

春日宜出，别在家窝着，带孩子出去种树，诵读一些诸如"受屈不改心，然后知君子"（李白），"高人不借地，自种无边春"（钱伸仲），"人皆种榆柳，坐待十亩荫。我独种松柏，守此一寸心"（苏轼），"岁老根弥壮，阳骄叶更阴"（王安石）之类，小憩树荫时顺带闭目遐思一番"种树必培其根，种德必养其心"的道理，居然读懂种树即是种德，"清荫留与后人看"原本看的是美德的延续，那就小彻小悟了。

「诗词中国」顾问与评委作品赏析

冯其庸

冯其庸，1924年生，江苏无锡人。著名学者，红楼梦研究专家、文史研究专家。1948年毕业于无锡国专。中国人民大学教授。1975年任国务院文化组红楼梦校订组副组长。1986年任中国艺术研究院副院长。2005年被聘任中国人民大学国学院首任院长，2009年被聘任中国文字博物馆首任馆长。2010年被聘为中国艺术研究院首批终身研究员。

1980年应邀赴美参加首届国际红楼梦研讨会，1981年至1982年，应邀赴美国斯坦福、哈佛、耶鲁大学讲学，获富布赖特学术基金会奖状。后又历访德国、

庚午十月初二（十一月十八日），风雪中登嘉峪关城楼感赋

天下雄关大漠东，西行万里尽沙龙。

祁连山色连天白，居塞烽墩匝地红。

满目关河增感慨，遍身风雪识穷通。

登楼老去无限意，一笑扬鞭夕照中。

一九九〇年

法国、新加坡、马来西亚等国作学术讲座。1984年由国务院、外交部、文化部派往前苏联鉴定《石头记》古抄本、任专家组组长，达成两国联合出书协议。2011年，获首届中华艺文奖终身成就奖。2012年，获首届吴玉章人文社会科学终身成就奖。

著作有：《瓜饭楼丛稿》、《脂砚斋重评石头记汇校汇评》、《冯其庸书画集》、《冯其庸山水画集》等。

霜天晓角　青山似碧

予数经当涂采石矶，寻太白捉月处，觅谢家青山，渺不可得。噫！太白去矣，少陵云杳，东坡、稼轩、放翁、于湖、白石皆不可见，问天上明月，尚留其影否？明月无言，予为之掷笔三叹！己卯春夜，三时不寐，时距脂砚评石头记已二百四十年矣。夜四时记。

青山似碧。银瀑飞冰屑。独倚危楼凝望，栏干外，风正急。　　　肝胆皆冰雪。飘零知己绝。醉拍腰间长剑，几声幽，几声裂。

一九九九年三月十三日

叶嘉莹 •

1924年出生于北京，1945年毕业于北京辅仁大学国文系，1954起在台湾大学任教15年，1969年迁居加拿大温哥华，任不列颠哥伦比亚大学终身教授，1991年当选加拿大皇家学会院士，是加拿大皇家学会有史以来唯一的中国古典文学院士。

1966年起，先后被美国哈佛、耶鲁、哥伦比亚等大学邀聘为客座教授及访问教授。1979年起，每年回大陆讲学，应邀在数十所国内大专院校讲学，并受聘为客座教授或名誉教授。

祖国行长歌

此诗为一九七四年第一次返国探亲旅游时之所作。当时曾由旅行社安排赴各地参观，见闻所及，皆令人兴奋不已。及今思之，其所介绍，虽不免因当时政治背景而或有不尽真实之处，但就本人而言，则诗中所写皆为当日自己之真情实感。近有友人拟将此诗重新发表，时代既已改变，因特作此简短之说明如上。

卅年离家几万里，思乡情在无时已。

一朝天外赋归来，眼流涕泪心狂喜。

银翼穿云认旧京，遥看灯火动乡情。

长街多少经游地，此日重回白发生。

家人乍见啼还笑，相对苍颜忆年少。

登车牵拥邀还家，指点都城夸新貌。

天安门外广场开，诸馆新建高崔嵬。

道旁遍植绿荫树，无复当日飞黄埃。

西单西去吾家在，门巷依稀犹未改。

上世纪90年代在天津南开大学创办中华古典文化研究所，并将自己退休金的一半捐给南开大学设立"叶氏驼庵奖学金"与"永言学术基金"。同时受聘为中国社科院文学所名誉研究员及中华诗词学会顾问。2008年获中华诗词协会颁发的首届"中华诗词终身成就奖"。

著作有：《王国维及其文学批评》、《唐宋词十七讲》、《古典诗歌吟诵九讲》、《迦陵诗词稿》等，影响广泛。

空悲岁月逝骎骎，半世蓬飘向江海。

入门坐我旧时床，骨肉重聚灯烛光。

莫疑此景还如梦，今夕真知返故乡。

夜深细把前尘忆，回首当年泪沾臆。

犹记慈亲弃养时，是岁我年方十七。

长弟十五幼九龄，老父成都断消息。

鹡鸰失恃紧相依，八载艰难陷强敌。

所赖伯父伯母慈，抚我三人各成立。

一经远嫁赋离分，故园从此隔音尘。

天翻地覆歌慷慨，重睹家人感倍亲。

两弟夫妻四教师，侄男侄女多英姿。

喜见吾家佳子弟，辉光仿佛生庭墀。

大侄劳动称模范，二侄先进增生产。

阿权侄女曾下乡，各具豪情笑生脸。

小雪最幼甫七龄，入学今为红小兵。

双垂辫发灯前立，一领红巾入眼明。

所悲老父天涯殁，未得还乡享此儿孙乐。

更悲伯父伯母未见我归来，逝者难回空泪落。

床头犹是旧西窗，记得儿时明月光。

客子光阴弹指过，飘零身世九回肠。

家人问我别来事，话到艰辛自酸鼻。

忆昔婚后甫经年，夫婿突遭囹圄系。

台海当年兴狱烈，覆盆多少冤难雪。

可怜独泣向深宵，怀中幼女才三月。

苦心独力强支撑，阅尽炎凉世上情。

三载夫还虽命在，刑余幽愤总难平。

我依教学谋升斗，终日焦唇复瘏口。

强笑谁知忍泪悲，纵博虚名亦何有。

岁月惊心十五秋，难言心事苦羁留。

偶因异国书来聘，便尔移家海外浮。

自欣视野从今展，祖国书刊恣意览。

欣见中华果自强，辟地开天功不浅。

试寄家书有报章，难禁游子喜如狂。

萦心卅载还乡梦，此际终能夙愿偿。

归来故里多亲友，探望殷勤情意厚。

美味争调饫远人，更伴恣游共携手。

陶然亭畔泛轻舟，昆明湖上柳条柔。

公园北海故宫景色俱无恙，

更有美术馆中工农作品足风流。

郊区厂屋如栉比，处处新猷风景异。

蔽野葱茏黍稷多，公社良田美无际。

长城高处接浮云，定陵墓殿郁轮囷。

千年帝制兴亡史，从此人民做主人。

几日游观浑忘倦，乘车更至昔阳县。

争说红旗天下传，耳闻何似如今见。

车站初逢宋立英，布衣草笠笑相迎。

风霜满面心如火，劳动人民具典型。

昔日荒村穷大寨，七沟八梁惟石块。

经时不雨雨成灾，饥馑流亡年复代。

一从解放喜翻身，永贵英雄出姓陈。

老少同心夺胜利，始知成败本由人。

三冬苦战狼窝掌，凿石锄冰拓田广。

百折难回志竟成，虎头山畔歌声响。

于今瘠土变良畴，岁岁增粮大有秋。

运送频闻缆车疾，渡漕新建到山头。

山间更复植蔬果，桃李初熟红颗颗。

幼儿园内笑声多，个个颜如花绽朵。

革命须将路线分，不因今富忘前贫。

只今教育沟中地，留与青年忆苦辛。

我行所恨程期急，片羽观光足珍惜。

万千访客岂徒来，定有精神蒙洗涤。

重返京城暑渐消，凉风起处觉秋高。

家人小聚终须别，游子空悲去路遥。

长弟多病最伤离，临行不忍送登机。

叮咛惟把归期问，相慰归期定有期。

握别亲朋屡执手，已去都门更回首。

凭窗下望好山河，时见梯田在陵阜。

飞行一霎抵延安，旧居初仰凤凰山。

土窑筹策艰难日，想见成功不等闲。

南泥湾内群峦碧，战士当年辟荆棘。

拓成陕北好江南，弥望秧田不知极。

白首英雄刘宝斋，锄荒往事话蒿莱。

遍山榛莽无人迹，畦径全凭手自开。

丛林为幕地为床，一把镢头一杆枪。

自向山旁凿窑洞，自割藤草自编筐。

日日劳动仍学习，桦皮为纸炭为笔。

寒冬将至苦无衣，更剪羊毛学纺织。

诗心已共春花发

所欣秋获已登场，土豆南瓜野菜香。

生产当年能自给，再耕来岁有余粮。

更生自力精神伟，三五九旅声名美。

从来忧患可兴邦，不忘学习继前轨。

平畴展绿到关中，城市西安有古风。

周秦前汉隋唐地，未改河山气象雄。

遗址来瞻半坡馆，两水之间临灞浐。

石陶留器六千年，缅想先民文化远。

骊山故事说明皇，昔日温泉属帝王。

咫尺荣枯悲杜老，终看鼙鼓动渔阳。

宫殿华清今更丽，辟建都为疗养地。

忆从事变起风云，山间犹有危亭记。

仓促行程不可留，复经上海下杭州。

凌晨一瞥春申市，黄浦江边忆旧游。

跑马前厅改医院，行乞街头不复见。

列强租界早收回，工厂如林皆自建。

市民处处做晨操，可见更新觉悟高。

改尽奢靡当日习，百年国耻一时消。

沪杭线上车行速，风景江南看不足。

采莲人在画图中，菜花黄嫩桑麻绿。

从来西子擅佳名，初睹湖山意已倾。

两岸山鬟如染黛，一奁烟水弄阴晴。

快意波心乘小艇，更坐山亭瀹芳茗。

灵鹫飞来仰翠峰，花港观鱼爱红影。

匆匆一日小登临，动我寻山幽兴深。

行程一夕忙排定，便去杭州赴桂林。

桂林群山拔地起，怪石奇岩世无比。

游神方在碧虚间，盘旋忽入骊宫底。

滴乳千年幻百观，瑶台琼树舞龙鸾。

此中浑忘人间世，出洞方惊日影残。

挂席明朝向阳朔，百里舟行真足乐。

漓江一水曳柔蓝，两岸青山削碧玉。

捕鱼滩上设鱼梁，种竹江干翠影长。

艺果山间垂柿柚，此乡生计好风光。

尽日游观难尽兴，无奈斜阳已西暝。

题诗珍重约重来，祝取斯盟终必证。

归途小住五羊城，破晓来参烈士陵。

更访农民讲习所，燎原难忘火星星。

流花越秀花如绮，海珠桥下珠江水。

可惜游子难久留，辜负名城岭南美。

去国仍随九万风，客身依旧似飘蓬。

所欣长夜艰辛后，终睹东方旭影红。

祖国新生廿五年，比似儿童甫及肩。

已看头角峥嵘出，更祝前程稳着鞭。

腐儒自误而今愧，渐觉新来观点异。

兹游更使见闻开，从此痴愚发聋聩。

早经忧患久飘零，糊口天涯百愧生。

雕虫文字真何用，聊赋长歌纪此行。

袁行霈 ●

1936年生,江苏武进人。北京大学中文系教授、人文学部主任、国学研究院院长,中央文史研究馆馆长。

著作有:《陶渊明研究》、《陶渊明集笺注》、《陶渊明影像》(有韩文译本)、《中国诗歌艺术研究》(有日文、韩文译本)、《中国文学概论》(有韩文译本),主编《中国文学史》四卷、《中华文明史》四卷(有英文译本)、《愈庐集》、《论诗绝句一百首》。

春雪(自度曲)

春睡初醒,搴帷惊呼,好个琉璃人寰。细看来、却是红霞白雪蓝天。谁倩粉蝶漫舞,携将万千花香,撒满心田。 复有谁、嘘吸间,驱散一天雾霾,还我个清新清澈清和,伴着那安然畅然欣然。恍惚处、恰入梦境:寻常百姓人家,化为玉宇琼楼,燕子翩翩。不见了愁云,更哪有饥寒。

二〇一三年三月二十日(癸巳春分)

屈原

荆天棘地世多艰，百姓沉沦战火连。

泪洒汨罗哀故国，拼将性命铸诗篇。

注：《哀郢》曰："皇天之不纯命兮，何百姓之震愆。民离散而相失兮，方仲春而东迁。去故乡而就远兮，遵江夏以流亡。出国门而轸怀兮，甲之朝吾以行。"

林 岫 ●

字苹中、如意。书室名紫竹斋。1945年生，浙江绍兴人。原新华社中国新闻学院古典文学系教授。著名诗人、学者、书法家。现为中华诗词研究院顾问，中央文史研究馆书画院院委研究员，中国国家画院院委研究员，中国书法家协会顾问，中国楹联学会顾问，中国兰亭书会顾问，中国汉俳学会副会长，北京书法家协会第四、五届主席，北京文史研究馆馆员，《中国艺术报·中国书法学报》主编，中国对外文化交流协会常务理事，《中华诗词》编委，《中华辞赋》编委、评委。

踏莎行　南京夫子庙题桃花扇赋香君事

翠带风开，紫绫丝结。霜缣骨散冰清洁。传香扑眼一枝红，斑斑都是胭脂血。　　岁月焉抛？痴心难得。秦淮今古犹呜咽。重名未必好男儿，娥眉信有真豪杰。

一九九三年

满江红　次台北来来大酒店与友人议则天武后感赋

入侍更衣，凤阙主，擎天尤物。偏胜他，纶巾羽扇，万军豪杰。无字文碑闲态度，有情粉黛真颜色。笑男儿，冠剑策勋名，谁知得？　　衰抑盛，皆非昔。功与过，俱成客。剩梨花月浦，为伊人白。狐媚最难歌宛转，风狂未必花狼藉。看千秋，抖擞女儿心，乾坤窄。

一九九五年十月

编著有《中外文化辞典》（副主编），《当代书坛名家精品与技法》（主编），《全球汉诗三百家》（主编）等。著作有《古文体知识及诗词创作》、《文学概论》、《古文写作》、《诗文散论》、《日本古代汉诗初探》、《林岫诗书墨萃》、《紫竹斋诗词稿》、《紫竹斋艺话》、《紫竹斋诗话》、《林岫吟墨·雅》、《林岫诗书》等。

鹧鸪天　橘子洲眺江

独峙江心第一洲，凭轩四顾领风流。鱼鹰焉可相同语，拱极真宜荏苒酬。　秋赏果，雪登楼。了无荣辱更何求？烟飞云构俱过客，只为奇情壮士留。

郑欣淼

生于1949年，陕西澄城人，曾任中共陕西省委副秘书长、陕西省委研究室主任、中共中央政策研究室文化组组长、青海省人民政府副省长、国家文物局副局长、文化部副部长、故宫博物院院长等，现为中华诗词学会会长、中国紫禁城学会会长、中国鲁迅研究学会名誉会长，中国作家协会会员。

著作有：《政策学》、《文化批判与国民性改造》、《社会主义文化新论》、《鲁迅与宗教文化》、《天府永藏——两岸故宫博物院文物藏品概述》、《故宫与故宫学》、《郑欣淼诗词稿》、《山阴道上》等。

贺新郎　贺中华诗词学会成立三十周年

骚雅嗟销歇。破沉喑、九重云涌，一旗高揭。深脉长流焉能断，扼腕诸公咄咄。奋袂起、吟坛鸿烈。卅载行行风雨路，更相赓、总是中心热。复兴业、写新页。　于今诗国诗情勃。遍神州、襟怀酣畅，诵声清澈。皋浒山陬芳菲在，学府弦歌不辍。今与古、绵绵相接。而立之年年恰富，重任膺、我辈当穷竭。正叠嶂、待攀越。

参观四川李庄中国营造学社旧址暨梁思成林徽因故居

川南又新绿,上坝菜花黄。

手泽思丰采,足踪留德芳。

残灯营造史,宿疾雪冰肠。

烽火连天际,文心传李庄。

故宫影响力日著,喜而赋诗,并赠单霁翔院长

一脉珍琼映九重,溥天吹遍故宫风。

香江汇接禁中水,鹭岛飞来域外鸿。

往昔英伦曾誉美,而今寰宇更推崇。

年年秋月太和赋,古国灵光神魄通。

曹　旭 •—————————————————

　　字升之，号梦雨轩主人。江苏金坛人。复旦大学首届文学博士，上海文史研究馆馆员，上海师范大学特聘教授、博导、图书馆馆长、国家重大项目首席专家，中国作家协会会员。曾赴日本京都大学、东京大学、香港中文大学、澳门大学、台湾逢甲大学、新加坡国立大学讲学。出版《诗品集注》等著作三十余种；散文《岁月如箫》、《我是稻草人》、《客寮听蝉》，艺术成就进入《中国散文通史》；并当选为2015年全国最具公众影响力的十大诗人。

三峡舟中

巫山巫峡莫相违，屈子沉江劳燕飞。

梦醒搴帷开醉眼，三更残月过秭归。

注：一九九〇年六月，参加湖北少儿出版社的全国儿童文学作家三峡笔会，舟中闻将建水库大坝，此地拆迁，夜不能寐。

游沈园

柳色毵毵尚吐绵，钗头遗恨已千年。

多情惟有春波在，摇出乌篷二月天。

注：沈园：即今绍兴沈园，当年陆游、唐婉相见凄绝处也。

京都南禅寺听雨

枯坐山房久寂寥，小楼闲倚一枝箫。

京都夜半南禅寺，雨打芭蕉是六朝。

二〇〇一年八月作于日本京都光华寮

段晓华 •

江西萍乡人。南昌大学人文学院教授，兼任江西省高校古籍整理研究委员会副主任。

主要著述有《红土禅床——江西禅宗文化研究》、《白话佛经典故》、《禅诗二百首》、《中国历代词学论著选》、《续古文观止译注》、《清词三百首笺注》等。校勘古籍《遍行堂集》、《青原志略》数种。

雨中花令

糁地残红轻似雨。蓦然里、伞檐相遇。未道寒暄，都忘颦笑，湿了花间履。　　可是别来无片语。早荒却、写春情绪。袂影香消，轮尘声杳，卷梦随风去。

宏祥回校约诸子于舍下

书帷养翅欲图南，水暖烟寒味自谙。

欲抚斑斓五灵石，先从化蜕九春蚕。

心游象外宜深坐，花绽枝头且细参。

垂白嗟予犹有意，追风踏影羡骖骖。

初十日大雪封途不期小辉见过

最难风雪故人来，恰放窗前一树梅。

寄远不劳思折取，已知春意动江隈。

顾之川 •

河南商水人。人民教育出版社编审，课程教材研究所研究员，中国教育学会中学语文教学专业委员会理事长，教育部"国培计划"首批专家。主要从事中学语文教材编写及语文教育研究。

主编人教版多套初中、高中语文教材，出版有《顾之川语文教育论》（入选2013年教师喜爱的100本书）、《明代汉语词汇研究》、《语文论稿》、《中国文化常识》等论著。

贺王益民获国家科技奖

2015年1月9日，"国家电网智能电网创新工程"荣获2014年度国家科学技术进步奖，王益民受到习总书记接见。闻之欢忭，书以为贺。

新年新气象，帝京夜未央。微信传佳讯，聚焦科技奖。

高层悉数到，惠风齐和畅。勉励科学家，人民大会堂。

国电智能网，荣登光荣榜。操盘王益民，荧屏得亮相。

习总亲握手，传递正能量。人类大发展，科技神威壮。

中华古文明，源远且流长。四大发明后，创新今更强。

时代弄潮儿，科海竞徜徉。航母初试水，神十曾远航。

昔有电光火，今有智能网。电网智能化，贡献世无双。

寄语后来人，后浪逐前浪。实现民族梦，泱泱华夏邦。

甲午年冬月望末，草于鸡鸣，改定于北京至哈尔滨之万米高空

观尼亚加拉瀑布

伊利水深幽，安湖绿清潭。尼亚加拉河，瀑布总发源。

流经戈特岛，跌落悬崖间。雷神倾圣水，笔直飞泻颠。

法国传教士，至此始发现。皇弟蜜月后，欧洲广流传。

为争风水地，美英曾开战。根特协定后，边界主航线。

两国隔河望，彩虹桥相连。自古和为贵，双赢称典范。

今我来此游，雨衣穿上船。海鸥徐徐飞，展翅上下翻。

游船缓缓行，渐抵瀑布前。始有细雨濛，继则大雨点。

忽有天水降，汇入急流湍。众声皆惊叫，奇观叹自然。

跨国第一瀑，天工称上善。世界七大景，众客乐翻天。

转场动画片，追根又溯源。观众站立看，山崩地裂涧。

大雨倾盆下，头晕且目眩。我今追忆起，思之尚心颤。

二〇一七年七月

于加拿大尼亚加拉瀑布城之Travelodge207

蒋有泉 ●

1945年12月26日生，浙江奉化人。毕业于解放军重庆通讯学院和中国人民大学。曾任新华社校对室主任、中广联党委常务副书记。现任中国楹联学会副会长、中华诗词学会诗书委员会委员、中国汉俳学会理事、中国新闻学院中外文学研究所副所长、野草诗社副社长兼理事长等。

北海银滩

北海连天追远梦，银滩邀客献柔情。

敞怀极目南天外，不绝心涛澎湃声。

题观音御龙巡海图

乌云弥海电光横，大士从容含笑行。

足踏青龙翻锦浪，手拈细柳度苍生。

书趣

书山悬史镜，联海泛心舟。

挹趣古今读，纵情天地游。

李树喜

河北衡水人。高级记者，作家，人才学和历史学者。1969年毕业于北京大学历史系。1983年到光明日报，历任机动记者部主任，光明日报出版社社长兼总编辑等。现为中华诗词学会副会长，中国毛泽东诗词研究会副会长。在新闻、文学、诗词和人才学等方面均有建树，为人才史学科带头人。

已出版个人专著、文集24种，包括《中国统一的历史调查》、《中国人才史》，诗集《杂花树》、《诗词之树》和《诗海观潮》等。

题鹳雀楼

众鸟疑飞尽，黄河几断流。

欲知百姓事，请下一层楼。

咏马

浦江依样起尘霾，雪日寻春不见梅。

马到本年伤伯乐，人当花甲慕诗才。

乡思每向梦边醒，笑靥总随童稚开。

爆竹声声难忘旧，和诗和酒品余杯。

七绝

逐月追风若等闲,九方伯乐勿须勘。

行空入市皆非我,只要奔驰在草原。

刘青海 •

湖南华容人。北京大学博士，现任上海师范大学人文与传播学院副教授。主要从事古典文学的教学与研究。

曾在《文学遗产》、《北京大学学报》等刊物发表有关唐代文学的论文二十余篇。出版译著《比较诗学结构》。科研教学之余，从事诗词创作。

湖边晚坐

湖上凉风远，枝头鹊噪喧。

迟迟人定后，幽梦向谁边。

雨后林园一绝

草色青如染，花繁枝欲低。

山林新雨后，深树啭黄鹂。

仲夏雨后一绝

梅子黄时节，林间花又飞。

晚凉新雨后，愁听鹧鸪啼。

刘扬忠 ●

贵州大方人。1968年毕业于贵州大学中文系，1978年考入中国社会科学院研究生院文学系，师从吴世昌先生，专治唐宋诗词。1981年分配至中国社会科学院文学研究所从事古典文学研究工作。曾任该所古代文学研究室主任达15年之久。任该所二级研究员及学术委员会委员、中国社会科学院研究生院教授、博士生导师，并兼任中国宋代文学学会副会长、中华诗词学会常务理事、中国李清照辛弃疾学会副会长等。为中国作家协会会员。主要从事中国古典诗词研究，已出版学术专著17种，发表论文70多篇、诗词作品300多首。

湖北通山九宫山瞻仰李闯王陵

中原逐鹿气如虹，大顺旌旗卷烈风。

时不利兮骓不逝，臂难挥矣剑难攻。

荒山全被烽烟隔，猛虎终遭鸡犬凌。

我有一言应不谬，休将成败论英雄。

二〇一四年春

浣溪沙　题赠贵州兴仁县屯脚镇鲤鱼坝苗族村

碧水青山映此庄，茶浓妞美酒真香。苗家好客早名彰。

桥畔平台琴韵起，轻歌曼舞漾全场。吾心与众共飞扬。

二○一四年秋

钱志熙

北京大学中文系教授,教育部长江学者特聘教授。北京大学古代文体研究中心常务副主任,中华诗词学会学术部主任。主要从事中国古代诗歌史及其相关文化背景的研究。出版《魏晋诗歌艺术原论》、《黄庭坚诗学体系研究》、《汉魏乐府艺术研究》等专著十余部,论文一百五十余篇。

三游台江感赋呈益寿先生

昔人打桨浪潺潺,今日飞航指顾间。

西望乡园斜一水,北来京国隔千山。

天南花发三冬异,岛上云生五色闲。

两岸盈盈喜清浅,犹思前事记忧患。

二〇一三年秋

谒江心屿文信国祠

江心千载祀文公,天日昭心与岳同。

运去穷龙终入海,潮来白马尚呼风。

岂因忠节一家事,只为纲常万古崇。

归后还邀燕市月,涛声携得吊英雄。

参加暨南大学古代文学高层论坛临行前暨大明湖小坐

其一

玉楼倒影浪纹奇，一曲栏杆入柳丝。

此是南雍清景地，临行小坐未移时。

其二

簧宫儿女乐当时，鬓影衣香拂柳丝。

一路红云啼翠鸟，湖边开满紫荆枝。

沈锡麟

福建诏安人。1964年毕业于北京大学中文系，为古典文献专业首届毕业生，在中华书局从事编辑出版工作四十年。曾任国务院古籍整理出版规划小组办公室主任、中华书局副总经理。

整理的古籍有《四朝闻见录》、《疏影楼词》、《南社丛选》、《四库全书精品文存》（第三十卷）等，又与周振甫、吴正裕合编《毛泽东读文史古籍批语集》。

高中毕业五十周年同学聚会后赴泉州拜谒鸿祖老师感慨

霁月光风系梦思，匆匆行脚我来迟。

荧屏今日回头转，五十年前问学时。

二〇〇九年十月

呈从舅士葆先生

昔日闻名久，今朝晤面频。

松风扬正气，竹月隐清纯。

医术人咸仰，诗才我独亲。

赠言深寄意，肺腑自生春。

一九六三年九月

昔阳即事

千里奔驰走太行，风霜冰雪亦寻常。

日挥铁臂山河壮，夜诵雄文意气昂。

忆苦思甜盈热泪，推心置腹诉衷肠。

白云亲舍知何处，若论乡情似故乡。

一九六五年一月

施议对 ●

台湾彰化人。出生于福建泉州。中国社会科学院文学博士。中国社会科学院文学研究所原副研究员、澳门大学原中文学院副院长。现为澳门大学社会科学及人文学院中文系教授。曾师事夏承焘、吴世昌,专攻词学。

主要著作有《词与音乐关系研究》《施议对词学论集》(一、二、三卷)以及《当代词综》(四册六卷)等近二十种。

浣溪沙　和韵　怀友人

阅尽人间十二峰。等闲篱角待花红。清歌一曲记匆匆。

细雨华堂飞乳燕,雷风广野逐云龙。与公相识未相逢。

如梦令　和韵　仿花间

微步凌波躞蹀。莫道花枝堪折。岂复中人个,未解陌头堆雪。堆雪。堆雪。今夜灵珠凝彻。

貂裘换酒　再上岳阳楼

乙未仲秋，中南大学举办"潇湘情，中华韵"二〇一五年两岸三地大学生吟唱文化交流节活动。承词兄杨雨女史之邀，担任讲座与演出嘉宾。演说《词与音乐》。其间，与诸友生游览湘中名胜，再度登上岳阳楼。尝记三十年前，中国韵文学会成立，登斯楼也，有苏仲翔（渊雷）、施南池（蛰鹏）、万云骏（西笑）、周采泉（周湜）、黄寿祺（之六）诸前辈以及同游诸君子，于湖上赴全鱼宴，诗酒征逐，杯盘交错，其乐也何极；今我重来，往迹固难追寻，而师友情谊永在，登斯楼也，旧雨新知，浅斟低唱，其感也何极。归赋小词一阕以说观感，并呈诸吟友郢政。乙未寒露前三日濠上词隐于濠上之赤豹书屋。

吴楚东南圻。洞庭秋、洪波不起，众山沉寂。胜状巴陵今何处，江畔行吟骚客。襟袖冷、层楼攀摘。素月分辉明河共，莽乾坤、一例花霏色。忧与乐，总难测。　后先天下依时易。古仁人、居高处远，忧民忧国。浩浩汤汤莫能御，隐曜日星樯楫。尘扑面，笼纱弄碧。历历几番沧桑换，数从头、为问去来迹。烟水静，梦中觅。

宋彩霞 ●

山东威海人。1957年生。笔名晓雨。中国作家协会会员。中华诗词学会理事，山东省诗词学会副会长，现任《中华诗词》杂志编辑部主任。两栖诗人。其文学艺术成就被多家媒体作专题报道。自1970年开始习写诗词。

出版著作有《秋水里的火焰》、《秋红》、《白雨庐集》、《白雨庐诗文集》、《白雨庐词》、《黑咖啡》等。

卜算子　秋情

不是不伤秋，只是秋难控。心上徘徊一个秋，寂寞秋声共。　　秋色任消磨，秋趣参差弄。但有秋歌伴雨来，送我秋波梦。

满江红　秋荷

莫便秋风，吹瘦这、一池仙客。冷云水、更寒清梦，雨声堆积。岁月无多枝易老，乾坤虽大身难适。渐霜紧、辜负了葱茏，空相忆。　　追往事，今非昔。红易减，娇羞失。恨西风无限，晚来天色。鸿雁不传千里梦，秋蝉叫断三更笛。隔烟波、不灭是相思，来生觅。

蝶恋花　读聂绀弩《赠梅》

容我孤山藏几尺。小鹊惊飞，一树伤心白。枯槁无形关塞隔，人情输与窗儿黑。　　但见苍茫风瑟瑟。十里春云，唤醒梅花笛。未许长天欺病客，月昏水浅相思得。

陶文鹏 •

1941年生于广西南宁。中国社会科学院文学研究所研究员。曾任《文学遗产》杂志主编、中国宋代文学学会副会长、中国唐代文学学会常务理事、中国毛泽东诗词研究会副会长、中华诗词学会常务理事等。著有《唐宋诗美学与艺术论》、《宋代诗人论》、《苏轼诗词艺术论》、《唐宋词艺术新论》、《古诗名句掇英》、《陶文鹏说宋诗》等，主编《宋诗精华》、《灵境诗心——中国古代山水诗史》、《两宋士大夫文学研究》等。

秋日登娄山关瞻仰毛泽东
《忆秦娥》词碑感赋

远眺千峰涌巨澜，清秋喜上大娄山。
词碑耀日驱迷雾，哲句挥师越险关。
先辈长征甘洒血，后生圆梦奋排艰。
凝神似见诗人影，马背轻哼夕照间。

赤水行

练飘珠洒翠湖涯，千瀑山城荔子嘉。
竹海欣闻轻鹭唱，桫椤恍见恐龙爬。
群仙影动丹霞壁，独木舟飞雪浪花。
百岁红军黄桷下，畅谈四渡月西斜。

长江

东风传令护长江，神女翩跹喜欲狂。

打造森林金水道，增加湿地鸟天堂。

千重峰影飘罗带，两岸猿声唱画廊。

川鄂沪宁青未了，兵书宝剑沐朝阳。

王 玟 •

福建福州人，现为厦门大学中文系教授，博士生导师，文学博士。兼任福建省古代文学研究会副会长。学术研究方向为汉魏六朝文学、古典诗学。

曾出版《六朝山水诗史》、《人物志评注》、《建安文学接受史论》、《曹植传》及《性面具》（合作）等专著译著，参加编写鉴赏词典或翻译诗词著作六种，亦从事诗歌散文创作。

庚宿西园寺兼赠广济法师

清斋人罕至，寒夜静无尘。

古殿松花落，梵铃禅意真。

欢言忽日暮，对影共霜晨。

梦觉不知处，空空槛外身。

二〇一七年元月

忆扬州

一觉十年两度秋，几回梦里过扬州。

吹箫人去月华冷，廿四桥头水自流。

二〇〇九年九月六日

薛山岭悼恩师拔荆先生

寂寂灵山日影横，心香乍蓺祭先生。

卅年青眼犹相望，一刹幽魂已独行。

倒屣每惭王粲宠，登门常忆李膺情。

玉楼归去几多路，薛岭秋深听鹤鸣。

二〇一五年十月

辛晓娟 ●

2004年任北大中文系诗社社刊《北社》主编，2005年出版第一部长篇小说，笔名步非烟。现已出版作品二十余部。2004年获温瑞安神州奇侠奖，全国大学生武侠小说征文奖。2005、2006年获黄易武侠文学奖。2007年底于鲁迅文学院高级研修班学习，并代表八零后作家参加全国第六届青创会。央视《艺术人生》栏目青年作家专场访谈嘉宾。北京大学文学博士，现在北京师范大学文学院作博士后。开学后在人民大学国学院任讲师。

无题

歌醉洞庭五夜风，金波微吐墨芙蓉。

钗凝寒魄尘休惹，剑动梅妆花未浓。

夜色吹残云有恨，衣香寻去月移踪。

春心愁散铸秋雨，一缕幽红冷鼎龙。

昨日

昨日因缘已顿开，风花雪月不带来。

劫生每看空成土，性命何妨疑转猜。

青鸟频传染血碧，红狐暗首掩城灰。

繁华瞬息指弹后，细数苍凉暮色哀。

戏题爱猫

怨君昨夜吝分香，窃掬胭脂掌上尝。

欲醒春容犹未足，枕边为踏小梅妆。

曾大兴 ●

广州大学人文学院教授、文学博士、广州大学广府文化研究中心常务副主任、中国文学地理学会会长、中国词学研究会常务理事，主要从事中国古典诗词、文学地理学与广府文化的研究。

主要著作有《柳永和他的词》、《词学的星空》、《20世纪词学名家研究》、《唐诗十二讲》、《唐宋词十八讲》、《文学地理学研究》、《中国历代文学家之地理分布》、《优婚与天才》等。

且看珠江水

且看珠江水，莫为迟暮吟。

水流归大海，人老静尘心。

江上歌声杳，堤边草色侵。

块然独坐久，不觉月来寻。

观海日

斗酒不能醉，依然胆气豪。

披襟观海日，缓缓过蘅皋。

江城子　官洲岛骑行

官洲岛上好风光。绕珠江。水泱泱。二月春风、吹送野花香。环岛一周皆驿道, 茶亭小, 有回廊。　　骑行女队简梳妆。响铃铛。喜洋洋。一路欢笑、惊起水鸳鸯。赖有须眉为副驾, 弯道处, 不慌张。

赵京战

河北安平人，笔名苇可，1966年入伍，空军功勋飞行员，副师级，大校军衔（已退休）。现任中华诗词学会副会长、培训中心主任。主持创建《中华新韵（十四韵）》。

纪念北京建都860周年

流金宫阙势峥嵘，八百春秋为帝京。
盈耳笙歌夸盛世，摩天楼宇困皇城。
角声起处旌旗列，暑影移时岁月更。
辽鹤归来尘梦醒，蓟门烟树听啼莺。

温州江心屿

一方孤屿扼中流，雄踞东南镇海陬。
文相祠堂清气绕，谢公亭阁紫云浮。
千秋不语天边月，九曲难摅弦上愁。
莫道江心沉睡久，挂帆犹可作飞舟！

王渔洋故居

诗礼传家三百年，牌坊高竖匾高悬。

太公遗泽钟齐地，才子风华作郑笺。

想见群花穿蛱蝶，还期高阁梦婵娟。

随园月色长洲好，不到阮亭终不圆。

钟振振 •

1950年生于南京。1988年南京师范大学中文系古代文学专业博士生毕业并获文学博士学位，留校任教。1992年起任教授。1993年国务院学位委员会批准为博士生导师。现为南京师大一级特聘教授，中国韵文学会会长，中华诗词学会副会长。曾应邀在美国耶鲁、斯坦福、密歇根大学，韩国首尔大学、梨花女大等海内外数十所名校讲学。

广西桂平龙潭森林公园路遇群猴掠游客矿泉水

缒壁投岩跳掷轻，诸猴可哂是精灵。

清溪满谷矿泉水，偏劫游人唾剩瓶。

二〇一四年

忻州怀古

三关多壮节，千古几雄争。

山有奔腾势，水无柔媚声。

大农劳馈饷，颇牧作干城。

微此风霆护，哪容云雨耕。

二〇一三年

一剪梅　浙江青田千峡湖

　　百折奔湍望海初。一坝封山，千峡成湖。风飘云影动裙裾。若有人兮，静女其姝。　　雨不痴肥旱不癯。春也空灵，秋也清虚。天真最怕粉铅污。除却霞红，更莫施朱。

二〇一四年

周啸天 ●

号欣托，四川渠县人。四川大学文学与新闻学院教授，安徽师范大学中国诗学中心研究员，中华诗词学会副会长，第六届鲁迅文学奖诗歌奖得主。

著有《唐诗鉴赏辞典》、《唐绝句史》、《诗词赏析七讲》、《诗经楚辞鉴赏辞典》、《元明清名诗鉴赏》、《中国分体文学史（诗歌卷）》、《诗词写作十日谈》、《将进茶——周啸天诗词选》、《周啸天谈艺录》等。

恶之花

2001年9月11日早上，两架被劫客机分别撞向纽约地标式建筑、世界贸易中心两座高一百一十层摩天大楼，两楼相继坍塌，五座比邻建筑亦损毁。另一被劫持客机撞向华盛顿五角大楼，致局部结构损坏并坍塌。遇难者达三千人，含四百余名消防救援人员。美国经济损失达两千亿美元，全球经济损失达一万亿美元。美国民众心理遭受重创。美国因此发动反恐战争，兵连祸结于多国，和平遥遥无期。余衔之十六年，始为此歌。

千尺楼高双子座，黄鹤之飞不得过。

北塔懵为客机袭，南塔莫逃飞来祸。

黑云压城白絮喷，合众秋防势若崩。

寰球争睹啊买噶，不知尚伏几天兵！

西风猎猎日高起，坠楼人落如红雨。

仰天布什神形沮，基地拉登魑魅喜。

血色失处毅色壮，人须疏散君须上。

吹火蜡屐不再著，四百义士凌烟葬。

日轮西下寒光白，真主无言上帝默。

紫气渐随双塔移，妖光暗射星条蚀。

恍惚偷袭珍珠港，广岛长崎应若响。

高句丽挟洲际弹，黑客指破互联网。

文明魔道递相高，恶之花发久天天。

君不见反恐反更恐，天方兵气何时销！

注：啊买噶，Oh my god（我的天呐），为2001年度关键词。

诗刊创刊六十周年索句遥有此寄二首
其一

哲人诩谬种，首发壮诗刊。子结三千岁，花开六十年。

汉唐宜有后，兴会更无前。翻出手心去，华章信可传。

其二

京华还宿雾，蜀国有仙山。来我二三子，住他八九天。

月寻玉垒后，风采锦江前。伯乐不常有，妄为无马谈。

第二届「诗词中国」传统诗词创作大赛获奖作品选

瞻杏坛感孔子学院

张明新

孔庙碑亭旭日中，栏边花气散春风。

游人莫小几株杏，开遍环球是此红。

秋日农家

余合智

树树灯笼别样红，金黄玉米晒园中。

村翁乐把新闻侃：好个中央除四风！

题抗美援朝烈士陵园

白云瑞

雄碑默立海天涯，故国遥望梦转赊。

唯有春风心不了，年年催发墓前花。

绝句

深秋

徐淙泉

枫红水碧野菊香，雁远天高山影长。

我立秋边着意看，丹青落款是夕阳。

岭南乡村夏日

谢沃初

一缕幽香十亩荷，群蝉唱彻柳婆娑。

轻摇葵扇榕阴下，指点三军跨楚河。

枫叶

郑志华

傲立对霜风，无言亦俊雄。

只需三两片，便染一秋红。

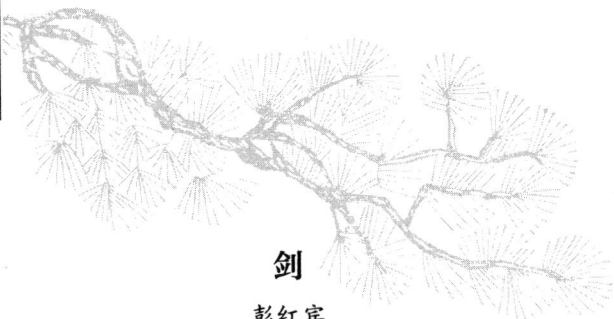

绝句

一等奖

剑

彭红宾

东海恣横行，胸中恨不平。

龙光频射斗，欲为斩蛟鲸。

修铁路

杨定国

穿云出岫向天横，杜宇声中打铁声。

从此青山遮不住，乡心一夜入蓉城。

·诗心已共春花发·

盆景叹

刘阳宝

任人摆布伴瑶台,刀剪相加实可哀。

悔不当初栽故里,山乡土沃早成材。

挖野菜感怀

侯良田

春剜野菜小桥西,草长莺飞绿满堤。

青叶嫩芽饶有味,酸甜苦辣一篮提。

微信

麦国华

手机连网逐新潮,老眼昏花仔细调。

微信小诗频互送,知交万里共良宵。

第二届「诗词中国」传统诗词创作大赛获奖作品选

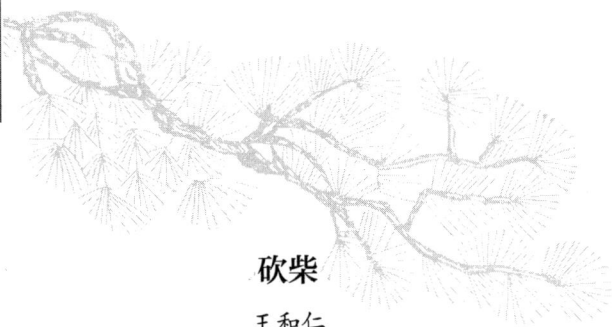

绝句

二等奖

砍柴

王和仁

晨曦破雾照窗台，兄弟相约去砍柴。

待等炊烟农院绕，山歌一担挑回来。

春日行

孙绍成

雨后郊游感物新，一坡草色未铺匀。

山花几点不惊眼，却比梁园春意真。

访刘树林兄山居

郑 力

灵霄山下故人家，门向清溪一带斜。

不是庞公偏爱饮，客来谁不醉桃花。

绝句

二等奖

春日过胶州湾大桥

迟尚忠

春深似海雨蒙蒙,海上春潮共雨生。

忽见苍龙凌海曲,胶州湾上一桥横。

棉

周旺根

浅白深红色色新,霜侵日炙絮如银。

微躯愿学菩提树,造福人间不惜身。

读满江红怀岳飞

金家富

怒发冲冠发浩歌,鄂王气概撼山河。

狱成三字悲千载,板荡神州志士多。

绝句

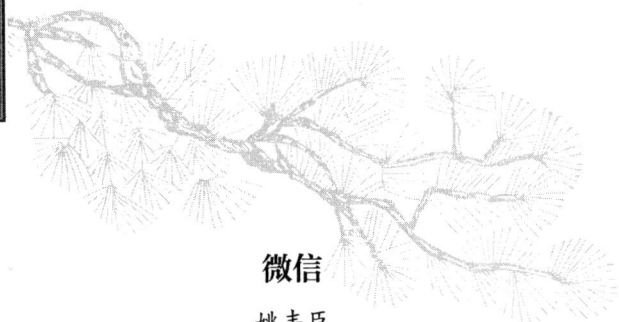

微信

姚丰臣

语作清歌指奏琴，心泉五色汇缤纷。

云端星际飞鸿雁，万水千山若比邻。

春雨遐思

李 英

谁使殷勤到五更，杏枝一夜褪残红。

小楼洗罢春将嫁，空负叮咚满院声。

暮春　山中赏桃

刘 驰

一树飞红移晚霞，不同斜日到天涯。

只因驴上来诗客，故向山中遣落花。

云追月

时世桥

凌风追冷月，浩瀚试云心。

相爱知多少？天涯一往深。

绝句

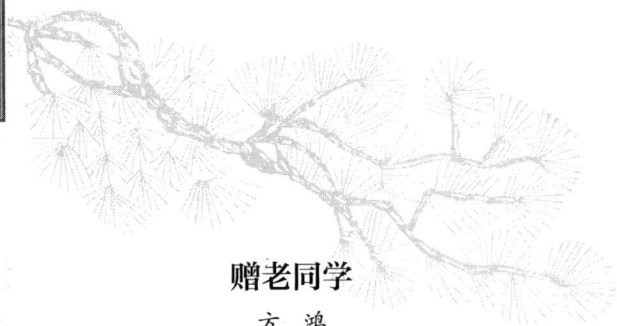

三等奖

赠老同学

方 鸿

抚逝流光似目前，重逢相对已华巅。

回头细数儿童事，一梦匆匆五十年。

水仙花

张志康

凌波仙子舞翩跹，金盏频传朗月前。

无奈春风催去也！与君相伴待来年。

秋

刘泽高

征鸿识路挂长天，断续蝉音唱暮年。

拂岭金风如播火，南山万树叶争燃。

诗心已共春花发

绝句

送郎打工

段丽珍

明月空留双雁影，杜康难解别时愁。

千丝万缕徒增恨，任尔漂流不系舟。

磨山迎春

易　明

清冬漫步楚云台，沁雅寻幽入草莱。

一簇枯莲浮水卧，千丛幼笋待春开。

梦父母

张友福

夜梦慈颜不解颜，倚窗东望数重山。

微身若有垂天翼，一日黔滇可往还。

绝句

三等奖

荷塘夏夜

朱永兴

月满池塘笼碧荷,婆娑柳影映清波。

争喉引颈鸣蛙闹,赛出星空一片歌。

槐花

雷秀华

碧叶白花满树丫,清香阵阵到千家。

芳华不与春争色,旧梦经年独忆它。

春耕

刘喜路

好风送暖碧如烟,铁马嘶鸣震远天。

陌上几多犁杖疾,争将祈愿播春田。

竹

陈 辉

竹劲三千仞，高节欲向阳。

狂风吹不断，不朽做文章。

早春

平 超

早觅春光叹未成，小河依旧覆冰层。

夜阑听取风吹柳，却把呜呜当水声。

信天游

靖万里

放眼汀洲绿，安然卧老牛。

遥知云外鹤，正作信天游。

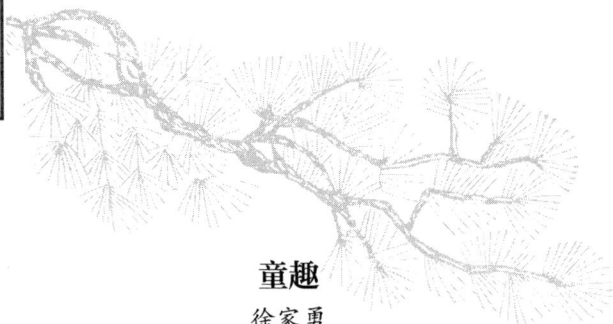

绝句

童趣

徐家勇

细雨新晴二月花，孩童放学不回家。

轻声细步追踪看，柳树河边趣弄沙。

立春

韩世雄

时令初排打首家，和风煦日辅新芽。

春姑着意多情手，撒向人间遍地花。

泰山中天门感

杨文戈

曾经魂梦过仙桥，身到中门胆气消。

不是南天悬铁索，今生无意再攀高。

夏日丽江古城即景

陈兴池

古城伏月似春秋，丽日和风雨细柔。

湖面龙潭漂桂影，楼台庭院枕清流。

春江

邢　涛

暖风拂岸燕飞双，水色山光到客窗。

渔火樵歌园月影，心潮逐浪涌春江。

春日古城晚坐

程良宝

春日黄昏出雅轩，古城晚坐羡炊烟。

夕阳落在楼林里，撤片云霞染素笺。

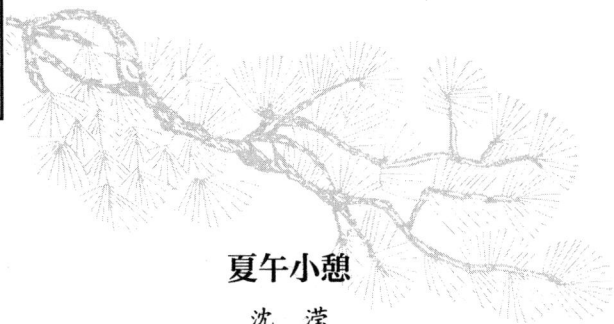

绝句

三等奖

夏午小憩

沈 滢

葡萄藤下绿成阴，巧啭黄鹂夏意深。

闲却手边书一册，翩翩蝴蝶梦中寻。

迎春花

王少甫

谁弄黄衫向绿茵，娥眉毛蕊诱芳邻？

小花骨节随风长，勾画千红三月春。

夜访南京中华门

毛富强

金陵自古帝王州，独我来时已几秋？

但见中华门上月，深深无语照空楼。

薇湖秋景

高 峰

水上寒烟起，林中一鸟鸣。

渔舟穿日去，独向晚秋行。

苍溪早春

阎宗晖

梅花过后又梨花，蜀北秧田谷发芽。

一碗春风一碗酒，山坡醉卧放牛娃。

灌溉

王健新

畦田无限垄沟长，活水奔流暮色茫。

莫把春泥皆净洗，此中犹有稻花香。

第二届「诗词中国」传统诗词创作大赛获奖作品选

行赤通高速公路所见

王　力

百里长堤柳浅黄，杏花如雪漫山冈。

一渠春水流不尽，几许农家种粟忙。

早春

李玉蕊

晴天丽日好春光，碧柳摇风雅韵长。

欲写莺声难下笔，偷来燕语润华章。

清溪人家

王清海

山青小径斜，水碧浣轻纱。

竹隐溪边舍，依稀梦里家。

绝句

蜀水风光

谭小仕

清江翠竹映云笺，蜀水风光在眼前。

摘朵桃花融画景，犹闻燕语入春弦。

题壁上兰画

谭道利

一纸幽兰用笔栽，不需雨露四时开。

花繁叶茂萦灵气，常有醒人香暗来。

孩童

陈凡章

娇吐儿歌半缺牙，侧搬板凳乐无邪。

相随玩伴牵衣去，时入村前捉柳芽。

少年狂

盛亦文

夜起敛行囊，轻歌踏露霜。

独行何惧怕，铁胆映初阳。

北京APEC

殷国利

神州万里起雄风，四海祥云聚北京。

举世生灵皆仰望，一轮红日正东升！

荷

张君恋

扇掩桃腮浅靥开，似颦还笑玉人来。

蝶飞鱼跃迎嘉客，潋滟清波映素怀。

绝句

春日客至

岳明阔

吾庐拂晓忽来客，游目循声壁上观。

一路江山多变化，两只燕子正呢喃。

游子临春

罗伍生

日日逐波抢彩云，鸳鸯笑我是一人。

东风渐绿江南岸，泪喜春来又怕春。

咏梅

张　韧

玉树琼枝才露香，素心傲骨耐寒霜。

果然倾国真颜色，不嫁东风压众芳。

绝句

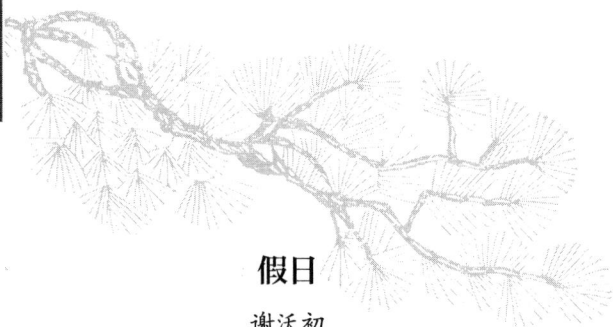

优秀奖

假日

谢沃初

篮中带露几枝花，一缕清香小笠斜。

且让琴书闲半日，春风路上卖烟霞。

枯树

谢沃初

高崖独立向天伸，无叶无花鸟不亲。

自有横枝挑日月，从来画里见精神。

冬日偶成

谢沃初

清香一缕自紫门，竹石轻描淡墨痕。

弹罢幽兰无所事，倚梅看雪到黄昏。

诗心已共春花发

悼上海外滩逝去的青年人

曹红东

生死无常叹命乖，青春幻灭似流光。

外滩江岸繁华地，多少亲人痛断肠。

读《白帝城》致王以培

金家富

栉风沐雨水云间，春夏秋冬去复还。

白帝魂归宁是梦，一江明月醉群山。

吟友七十华诞志贺

金家富

位列高工非等闲，清风两袖入林泉。

林泉此日耽诗画，自在逍遥胜似仙。

第二届「诗词中国」传统诗词创作大赛获奖作品选

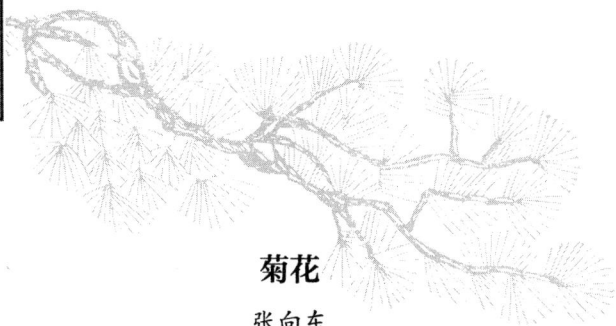

绝句

优秀奖

菊花

张向东

风撩露蕊冷香来，玉带金丝竞相裁。

醉影婀娜轻雾里，金樽对雁唱秋怀。

金鞭溪

秦博文

金鞭峰下谷幽长，怪树参天蔽日光。

各路天仙常小憩，溪流权作玉琼浆。

闰九月九日采菊

白凤岭

重阳过后又重阳，采菊缝山菊正黄。

料我晚来花已恼，欣逢好闰更开长。

悼念台湾坠机罹难者

徐彬雅

闻听宝岛客机沉，噩耗惊惶两岸心。

早日招魂归故里，家人急盼泪如淋。

杭州胡雪岩故居

张建明

奇石珍木聚豪宅，一代官商累巨财。

堂上遗存帘外雨，谁能言透盛和衰。

冬晨景色

赵近阳

冬晨斜照日温柔，雀跃枯枝唱细啾。

冷画入窗人面喜，寒萧已忘意如秋。

第二届「诗词中国」传统诗词创作大赛获奖作品选

岁暮复故人

姚丙辉

斜日衔山山色醉，云霞五彩染苍穹。

劝君莫叹桑榆晚，回看西天一片红。

腊梅

姚丙辉

何处暗来香？篱边一树黄。

年年迎雪笑，谢绝好春光。

羽毛球

谢海衡

十六鹅毛白玉衣，冠环绿带赴尘飞。

红肥黄瘦方凌舞，多少青春血汗挥。

绝句

太极

王桂廷

一怀天地气悠扬，两袖乾坤意更长。

须使蜻蜓捉日月，应教蚂蚁战金刚。

回复大西诗友

平　超

初学许诺必当还，虽是冬无碎玉观。

只待梨花开似雪，一枝得意寄江南。

怀邓丽君

赵洪卫

梅花风骨曲中寻，天籁仙音伴泪吟。

君去他乡巡演久，天天不忘唱"娘心"。

第二届「诗词中国」传统诗词创作大赛获奖作品选

绝句

优秀奖

春风

贾东苏

小园勾柳线，阡陌惹溪流。

欲问君行步，嫣然十二楼。

乙未年二月初二醉后题诗

徐　铮

琉璃灯火漫霜华，恸醉蹒跚出酒家。

豪饮流霞三万斗，人生何惧困长沙。

秋之渚

高赢海

西风裹日流，惨淡一天秋。

风下芦花荡，倏忽满地愁。

绝句

尖蕾

高赢海

淤泥浊水掩娇胚，蓓蕾探春露一枚。

柳翠鹃红蜂蝶舞，鹂催荷绽竞花魁。

观棋

豆仁福

金戈铁马势如潮，危坐难藏喜上梢。

铁阵忽然成大意，强装长虑尽折腰。

无题

靖万里

缘来缘去只无常，广厦千间八尺床。

客路百年何所有，一肩明月是行囊。

第二届「诗词中国」传统诗词创作大赛获奖作品选

绝句

优秀奖

樱花吟

程良宝

满树轻盈满树霞，霓裳漫舞缀春华。

香飘但使群芳暗，无意风吹到别家。

柳

迟尚忠

残堤断岸弄风流，雨夕烟晨一味柔。

照水依依羞不禁，何堪负重系离愁。

新丝路吟

高　峰

高铁飞驰向汉唐，万船出海下三洋。

悠悠丝路千年后，再度兴荣惠四方。

绝句

登山拾韵

寇星野

一自登山心境开，花香惹得蝶追来。

归时又见红霞映，疑是天公露酒腮。

作诗

杨　昭

纵无李杜生花笔，愿费精神作苦吟。

搜句常缘风月好，雪泥鸿爪抵千金。

题云溪区一中

苗其华

三更书诵朗，十载砚耕寒。

虎卧千山绿，龙飞万里蓝！

第二届「诗词中国」传统诗词创作大赛获奖作品选

绝句

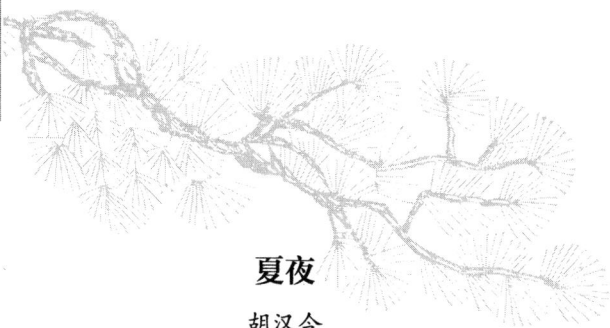

夏夜

胡汉令

一曲蛙歌唱九荒，炎宵何处觅清凉？

轻风小弄莲花伞，上睡蜻蜓下睡鸯。

牧童笛悠小放牛

齐保民

羊春沃野白云悠，柳笛声歌小放牛。

遥望牧童横背远，风柔燕舞水西流。

无题

齐保民

名势权钱已看轻，心中自有古鸣筝。

秋弹野鹤闲云月，一曲禅歌淡淡风。

晚爱登高啸暮年

齐保民

海河北岸老秋蝉，晚爱登高啸暮年。

不怕人嫌声欠雅，只求认可用心虔。

牡丹

杨文戈

人间第一香，玉色映宫墙。

曾饮皇家酒，直今作醉妆。

书情

张东梅

行文引墨尽心痴，落笔归台晓月迟。

红袖拭来皆所忆，朱砂缀处又相思。

第二届「诗词中国」传统诗词创作大赛获奖作品选

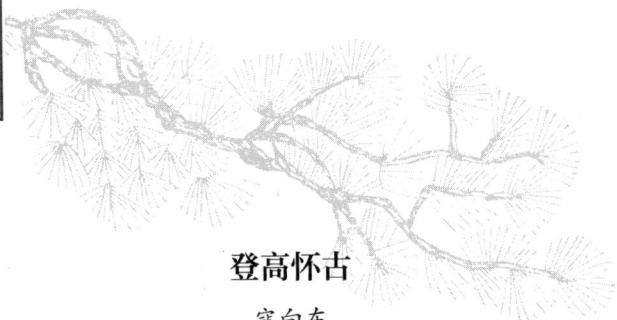

绝句

优秀奖

登高怀古

寇向东

醉上高台一放歌, 心潮狂涌大江波。

风流人在千年外, 愁望斜阳云雾多。

金风

章 鄂

雁栖湖畔叶金黄, 聚会笙歌流韵长。

彻地秋风吹畅日, 阴霾一扫敛轻狂。

无题

时世桥

岁月凋花日久迷, 瓢来逝水辨桃梨。

多情夜酌春光句, 怎奈晨风不对题。

·诗心已共春花发·

绝句

优秀奖

秦淮人家

黄 勇

细雨江南七彩霓，金陵夜梦鸟空啼。

莫愁湖畔千株柳，淮上人家十里堤。

深秋四题之一

孙巳生

清风犹未落，白发已相随。

敢问当年雁，于今更有谁。

日出

黄 志

朝霞羽落青山外，旭日东升绿水前。

湖畔飞鸿孤影寂，共谁烟雨对流年?

第二届「诗词中国」传统诗词创作大赛获奖作品选

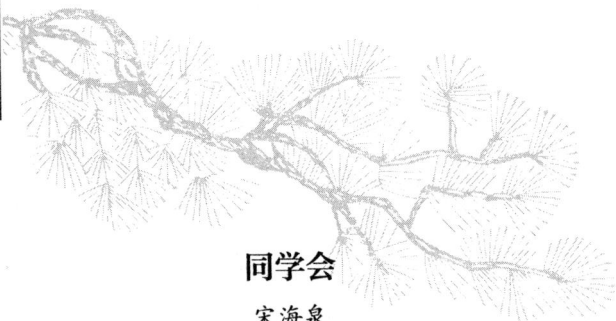

同学会

宋海泉

昨聚同窗品美食，推杯阔论暮归迟。

一堂鹤发童心乐，百影风华正茂时。

梅花

业华州

独立寒冬岭上头，素衣洁净复何求。

半陂枝影铮如铁，一夜风霜香更幽。

海南行

张宝书

凌波寻海角，抱柱信天涯。

此地浮鸥宿，通州是我家。

绝句

断情

郑　飞

春雨凝朝露，情随野水延。

醒寻追梦处，心止断桥沿。

五月

胡方元

五月初来换景光，南风乍起伫骄阳。

街头频见卖黄杏，小麦其时已杏黄。

闲吟

朱飞翔

兴来津渡吟秋色，一去萧萧万里风。

野老诗心人不识，何妨多病草船中。

第二届「诗词中国」传统诗词创作大赛获奖作品选

咏辽宁舰

黄宁辉

一揽苍茫万里遥，风光放眼尽多娇。

辞乡辜负中天月，入梦驱驰大海潮。

叱咤龙声山岳动，舒张鹏翼日星摇。

真堪托付安危事，戾气东南黯自消。

戎马昆仑边陲回眸

程良宝

耳闻号角振军魂，勾念当年守国门。

鞍上青春堪品味，心中志向可重温。

云烟轨迹无常势，岁月流光有印痕。

褪掉戎装三十载，梦乡每每立昆仑。

一等奖

古槐

齐　刚

我本山中客，云深不记年。

物华身外觉，兴替望中迁。

落表蹁跹鹤，拈花自在天。

南柯谁有梦，一醒一凄然。

信札

周天豪

伊人缘至浅，对面不相逢。

此地思明月，何时见旧踪。

花凋香露淡，笔落墨情浓。

纸上生风雨，信札难以封。

第二届「诗词中国」传统诗词创作大赛获奖作品选

太行山

岳继弘

巍巍八百里，守望五千年。

指掌风云上，阽龙谷壑间。

天河泛飞影，壁路曳流烟。

漫道愚公远，生生有续篇。

金鞭溪

周志忠

沿溪行十里，景色不时新。

山映斜阳醉，藤牵远客亲。

潭深鲵戏水，林暗鸟鸣春。

翘首寻鞭尾，摩天一束薪。

寻梦少年

侯良田

少年寻梦去，挥手向苍茫。

别恨家千里，离歌酒数觞。

孤云秋雁远，偏地野风凉。

坎坷封心底，平安报故乡。

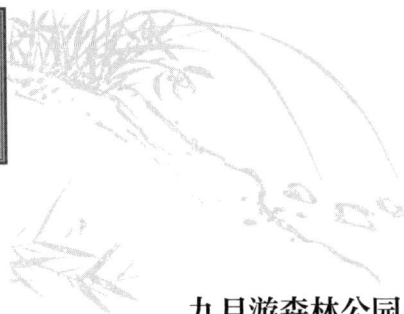

九月游森林公园

唐绍雄

独爱屏山静，残阳送晚晴。

云归松涧古，风细石流清。

露重千峰肃，林空数点明。

秋容何处觅，此地总关情。

搬新居了，怀念老屋

贾东苏

细瓦小柴门，泥台木澡盆。

檐虚清月涌，野旷白云奔。

旧物堆真色，天然洗魄魂。

浓浓乡底气，切切忆承恩。

人日

朱宝纯

莫负闲情但倚楼，江天终古自悠悠。

人生只合倾胸臆，节物真能忘乐忧。

绿到庭除春送眼，红怜花萼日当头。

凭高自许多诗兴，图画风开记壮游。

饮露老蝉声振远

齐保民

深居闹市酿诗醇，本是闲云野鹤身。

对酒当歌邀皓月，闻鸡起舞竞秋晨。

平生最爱词豪放，岁晚尤酣语率真。

饮露老蝉声振远，岂凭风势抖精神。

忆儿时天地

萧露浓

儿时小天地，心底大蓬莱。

杜仲丝三尺，葡萄架一台。

彩霞天外落，紫燕日边来。

最忆光阴迫，书声催俊才。

游青城后山

王桂廷

晨驰铁马赴林间，遁向白云自有仙。

栈道幽然听涧响，茅亭翠意枕风眠。

深山空谷千层路，碧水寒潭两处天。

万种人生烦恼事，青城一入化为烟。

诗词崛起

彭红宾

宣草轻铺墨细研，吟诗弄笛小楼前。

唐声豪迈须生妒，宋韵纤秾更可怜。

期有今人攀古俊，还将旧律写新篇。

五千华夏传风雅，欲把光辉作月悬。

亳州夜月

杨　旭

迎风枝柳客谯城，对坐犹能到五更。

非是云轻不入梦，只缘月满易多情。

八千里路江湖老，十二年中故土生。

莫唱阳关三叠曲，阳关过尽一程程。

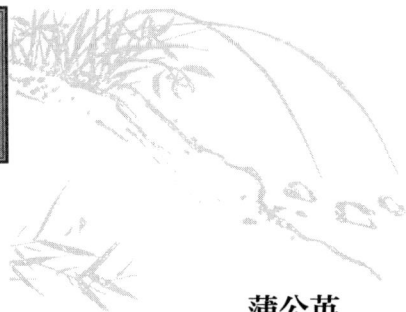

蒲公英

程良宝

身是千山客，心怀四海家。

凭风寻境界，播梦到天涯。

有土堪彰韵，无春不放花。

飘零知世味，名利慢相加。

山居

田仁圣

山园迎晚照，喜鹊闹霜枝。

子落棋闲后，诗成墨润时。

是非焉在意？得失任由之。

偏爱南山好，陶公是我师。

春日偶题

王子懿

三五人家新雨中，翻飞燕子玉玲珑。

向阳庭草层层绿，得意桃花处处红。

当取旧醅约旧醉，宜将春舞试春风。

古来欢悦应无几，莫待香残事事空。

独归

邱钦沛

独归生白露，晚醉下斜阳。

梦里村烟淡，杯中桂魄黄。

人情分日月，世事隔参商。

偶尔经行处，拈花歌一场。

律诗

登泰山

雷秀华

拾阶攀陡壁，倚路傍长天。

门启罡风烈，台出雾气寒。

千峰云海竞，万树浪声连。

时有隔空语，应疑界外传。

登富水水库大坝感怀

朱壁树

河绕金秋玉护堤，群山两岸数峰奇。

渔村晓唱红枫鹊，桔圃晨啼白露鸡。

往事悠悠浮古道，流光隐隐照人衣。

水程旱路重怀望，东岭云霞万里曦。

春日登南山

郝秀普

莫怀忧愤上春峦，且把崎岖带笑看。

曲径蜿蜒三界外，层阶迢递五云端。

雄心未与年华老，白发多因岁月蟠。

四望桃花红满谷，只疑误入武陵源。

乡下

吕鄂川

一派晴明暑气新，山花柳色漫乡尘。

蛮牛爱向深滩草，野鹤亲逐浅水云。

守夜蛙声沉稻海，看家犬吠荡烟村。

晚来穿越流萤去，醉忘归程露满襟。

梦回自学考场

张宝书

自考登山路,霜峰足迹留。

晋阶求一纸,面壁锁三秋。

野鹤闲云望,清猿古木愁。

曾经沧海水,此夜梦中游。

贺原野《青山一叶》付梓

严美群

青山入韵酿诗行,一叶红枫染墨香。

育得兰芝盈玉露,栽来菊桂沐清霜。

人生五味凭心写,故事千秋仗笔量。

笑对风云名利淡,横琴明月奏宫商。

梦子美

周少泉

淋漓快意又千秋，翰墨纷飞总未休。

霞日催花争望岳，云涛作酒畅登楼。

新城惊艳思兴替，漏屋嘘寒记乐忧。

把臂长吟谁肯别，共携明月驾神舟。

踏春见闻

龙金术

田间油菜正花浓，丛莽樱开艳紫红。

河岸柳杨萌嫩叶，荒丘田垄遍新葱。

龋童割草滴珠汗，老叟挖坑舞袖风。

青壮出门多锁户，秃山绿化尽儿翁。

第二届「诗词中国」传统诗词创作大赛获奖作品选

甲午立春日与妻登棋盘山

沈 滢

白雪消融青瓦上，朱楼掩映翠微间。

条风布暖春光弱，阳气乘时草色闲。

振臂三呼山共响，会心一笑鬓同斑。

不虚携手登临意，归路迢迢信步还。

江南雪

胡驭华

一夜寒风劲，长空散玉花。

山川披素甲，草木舞白纱。

水浅涛声静，人稀车路滑。

江南飘瑞雪，企盼好年华。

游白水闵家新村有感

许飞跃

小径牵荷叶,飞花戏锦鳞。

青丝延鹤发,淡墨绘奇珍。

坦道通乡野,幽居远世尘。

苍山齐焕彩,白水共垂纶。

感怀

王纪波

指上丝弦细吐音,笔尖万字说晴阴。

拈花一瓣留香久,怀古千年入梦深。

诗句绿霑梅子雨,春风红透海棠心。

忘机岁月芸窗下,篱菊岩兰自在吟。

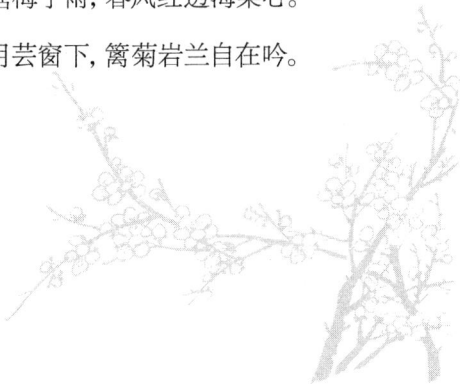

律诗

乡愁

魏立平

夜雨乡关梦不成，敲窗心事与谁听。

半壶老酒临风醉，一纸遥鸢过眼空。

箱底票根堪寄意，村前身影更牵情。

飘蓬万里魂犹系，红豆诗中暗自生。

吟诗乐

李清正

痴迷风雅颂，斗胆写洪荒。

秉笔评时事，更弦咏汉唐。

佳词千简短，朽句半笺长。

偶有烟花味，欣然煮杜康。

秋夜书怀

陈玉海

一地苍茫夜，三秋淅沥声。

迎风增客意，失月引归情。

此刻双亲在？明灯碎语倾。

他乡飞墨字，晴日报安平。

秋菊

陈凡章

点翠疏篱下，噙香百束芳。

傲枝三夜雨，瘦茎九秋霜。

翘首吟清影，扎根擎艳妆。

高情凌雪骨，聊以慰重阳。

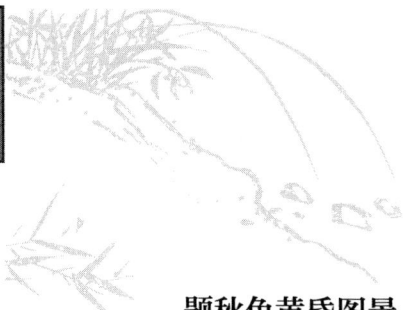

题秋色黄昏图景

雷波涌

斜阳秋壑袅炊烟，幽谷流泉曲韵酣。

向晚蝉鸣惊瘦鹤，回潮水涌促归船。

红霞一抹穿云落，碧宇千年对月悬。

人在江湖名利半，且留几许赋情闲。

山村春兴

朱璧树

山青水碧艳阳天，岸柳依依玉有烟。

窗外花燃歌隐约，门前竹引舞蹁跹。

翻龙滚雪迎新岁，响爆鸣鞭送旧年。

不识乡间冬去尽，东君悄悄绿蓝田。

乙未春节回乡有感

王桂廷

故院相思著，儿时梦里遥。

鸡声啼日曙，羊瑞下天桥。

田麦年年绿，邻童岁岁高。

谁执刀笔刻，又过父眉梢。

高铁

黄 勇

飞龙呼啸赏风光，从此神州不觉长。

早起江南闻露馥，良宵塞北嗅花香。

刚由上海穿青海，便是襄阳入晋阳。

锦绣人间无限美，何须奔月入天堂。

律诗

一季

靖万里

一季秋光里，郊原逸境开。

樵哥捐落照，野衲扫山台。

雁影随风下，砧声入耳来。

田家归陌上，泉雨洗黄埃。

自吟

侯良田

有恨青春老，身闲煮酒香。

江湖凶浪恶，天地野风凉。

厌室敲诗韵，寒星铸剑芒。

轻狂非本性，曲直用心量。

松坪吟秋

袁婧文

早闻松谷静，更晓桦林深。

池碧闲听雨，风轻似抚琴。

枫红山径窄，烟淡榭亭阴。

霜染诗笺好，随心自在吟。

过洞庭湖

沈 滢

叶落秋风起，滔滔白浪翻。

心惊闻唳鹤，肠断见啼猿。

一掬君山泪，爰招帝子魂。

萧骚斑竹响，落日寂无言。

第二届「诗词中国」传统诗词创作大赛获奖作品选

优秀奖

忧

牟　刚

人闲思绪乱，提笔不成章。

驻足凝眸久，凭栏叹气长。

浮生常起落，岁月正沧桑。

所谓痴心累，平添两鬓霜。

咏桂

吕鄂川

不与三春斗艳装，残林落照映芬芳。

金风劲染千层绿，玉露催生万点黄。

浅碧幽幽留晚梦，浓妆暗暗引清霜。

凌寒吐蕊增秋色，漫向人间送醉香。

冬吟

邢春红

絮雪初开霁，萦寒夜已深。

围炉斟酿酒，呢语暖人心。

岁节情中醉，红尘梦里吟。

凝窗生晓月，冷寂韵非沉。

梅

张银辉

曾惯凌寒驿路香，还酬幽意驻年光。

雪中洁性倾君酒，风里尘怀袭我裳。

寄与冰魂明月下，约同疏影画栏旁。

唯留清魄孤山去，也共长宵待晓阳。

律诗

山居

谢沃初

日暮泉声近，林间卧几家。

闲云犹傍月，静鸟自眠花。

竹舍琴三弄，流萤树几划。

青烟何处起？淡淡一杯茶。

怀阮籍

黄宁辉

白眼无心献美芹，且由歌吹意殷勤。

燕台马骨名终老，晋苑羊车酒更醺。

闻笛赋成存古意，点睛龙去怅新云。

登高广武犹挥泪，堪叹歧途不及群。

和若云君

刘庆斌

无奈霜华两鬓侵，每于寒夜忆初心。

桃花春锦飞双颊，流水秋晖碎万金。

一半清歌归往叹，百回旧梦复前寻。

凭灯细把瓷瓯看，犹有余温入旧襟。

拜杜甫草堂

王化斌

英明留后世，诗著耀千秋。

宦海穷途恨，浮萍绝计愁。

茅庐甘自苦，广厦为民忧。

椽笔惊天地，骚风万古流。

访菊

程良宝

梦里陶翁约我游，东篱醉卧爱晴留。

矜持素雅轻吟岁，敢放清香大写秋。

露润应知心荡荡，霜欺更见韵悠悠。

何辞寂寞重阳后，晚节风光不败头。

无题

靖万里

西东路远更何徂，采葛呼鱼事事虚。

云眼在天青转白，雨声泽物密犹疏。

从心三界本无相，过目诸般唯不居。

竹叶老来秋气杀，离离黑墨枉成书。

秋杪独游泸山

车其磊

自古闻传蜀道难，此泸不亚彼庐盘。

林深鸟隐千声近，磬寂僧沉一寺寒。

回首孤城天似盖，拔尘下世众如团。

平生多少诛心事，说到秋风泪已干。

读鲁迅先生《野草》有感

风雨狂客

离索亦香草，一山无落英。

野人歌未尽，春牧梦还生。

远上循天道，晴熏隐碧城。

又逢春雨去，萋锦更知情。

秋兴

李 亮

飒飒秋风秋草黄，怆然涕下遍飞霜。

凋零玉树高蝉恨，寂寞银河古月凉。

瘦菊无颜便怯雨，长藤有势直攀墙。

何时学得编篱术，一样清秋护冷香。

春早

于进水

炊烟衔晓日，喜鹊跃庭槐。

鸭动篱墙绿，鸡鸣菜蕊开。

修竹贤者静，春水故人来。

犬坐前门口，茶烹旧灶台。

感怀

杨　云

小舟如不系，天海转难还。

橹短伤流恨，云浮叹别山。

凡胎风里絮，经世客途艰。

春色今朝好，桃花几百湾。

秋日桥上凝望

狄和吉

司空见惯是清秋，依旧来桥顶上头。

万木萧萧添寂寞，一河潏潏惹忧愁。

随游天地风同鸟，所系牢笼我与舟。

倚遍栏杆谁解意，渐深黑夜月如钩。

律诗

优秀奖

柳

喻远友

晴云新宠舞轻柔，陌上先惭燕子楼。

未嫁桃腮春宴浅，初妆高髻翠云羞。

蓬莱有意沾仙露，渭水无心钓相侯。

莫道春归和韵短，诚邀百鸟唱枝头。

山叟

邢 涛

青峰翠谷傍柴门，蕉扇澄怀勇士魂。

四季流泉迎日月，一杯老酒转寒温。

肩担耒耜清风举，拳斗豺狼浩气吞。

踏遍天梯千丈岭，心头自系百花村。

看春

王 平

绿野斜晖埋翠柳，晴川历历望眸新。

酥风祛散千层雾，纤雨浇开万里春。

一寨一村花锦簇，此山此水色清纯。

无霾自见穹天阔，但使人间绝浊尘。

咏菊

滑银生

雨雨风风岁岁稠，风光独占夏春秋。

百花盛绽人惊艳，九畹香飘月可羞。

霜冻寒冰刚到位，娇姿雅韵始昂头。

行人见美忙停步，又是鲜花把客留。

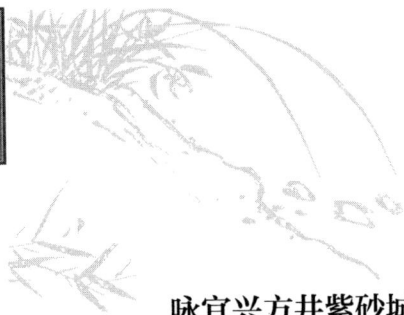

咏宜兴方井紫砂城

丁　欣

井澜漾在紫云乡，蜀韵吴风聚万方。

满铺玲珑腾宝气，一城璀璨射星光。

玉田未许俗人种，泥段还由雅士忙。

浴火生成多少梦，冲开四海说茶香。

农庄胜事

陈立存

夕落秋篱翠，禽鸣木槿红。

翁聊棋格下，童乐趣沙中。

村舍妻留客，春槐鸟拂空。

席间烹晚饭，胜事醉融融。

登滕王阁

朱海涛

瑰楼重立大江边，物换时迁忆古贤。

南浦云翻新世景，西山雨润旧时烟。

桥横浩渺龙腾势，阁展人文梦欲圆。

欸乃归渔惊望眼，心潮逐水上遥天。

香闺春早

王国祥

梦牵昨夜笑声频，喜鹊争啼腊月春。

风动虬枝梅炫俏，暖欺残雪水淋淰。

朱帘漫卷长亭望，云鬓轻梳小巷新。

背地偷涂红指甲，着裙相看镜中人。

第二届「诗词中国」传统诗词创作大赛获奖作品选

律诗

优秀奖

· 诗心已共春花发 ·

访安义古村

李芊芊

翠微连稻野，墟里树幽幽。

小院关寒柚，板桥出玉流。

石栖深巷月，叶下老塘秋。

闲坐蔷薇架，流光独忘愁。

过天宁寺

李芊芊

碧落藏梵刹，清泉几里峰。

寒潭深浅树，幽寺淡凉风。

佛院萦疏磬，禅房流夜灯。

溶溶山上月，空照数归僧。

优秀奖

读菊

王 英

轻翻一叶一华章，小字玲珑入梦长。

卷起倾心钩往事，荡开芹意剪离殇。

海杯难载花间泪，弦语能融鬓上霜。

试问惊风何不待? 云锄已动寄春裳。

秋夜吟怀

武建东

秋月临窗照，菊花当面开。

已闻归雁过，不见远人来。

千里思心切，终宵诗梦催。

可怜年岁逝，逝去几曾回?

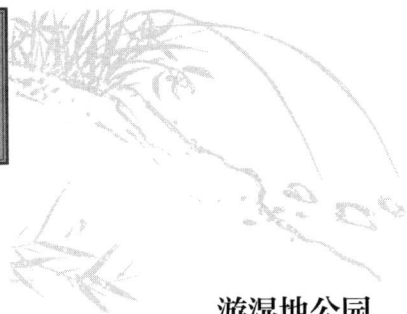

律诗

游湿地公园

李俊清

湿地采初春，荷芽正养神。

松波连碧海，鹭影导游人。

竹隐陶公舍，岚清大野尘。

心随滩致远，听浪忘归津。

仲夏凌晨忆荷杂感

霍镜宇

为忆荷花甸，风清听晚痴。

飘香从染月，迷雨忝成诗。

客后情非已，霜时泪不知。

雁心摧物竟，一一委秋池。

律诗

优秀奖

西湖醉书

陈凡章

水镜崇山对影明，波澜莲动弄波惊。

鸭头染翠春江淡，船底摇樯蕴藻轻。

携罐汲茶钟石响，拈花醉客柳风鸣。

而今对坐无人问，唤起琼杯为我倾。

新农村之老叟乐

李建伕

麻将闲棋午后开，童颜鹤发聚亭台。

幺鸡给力龙成对，卒士升级马有才。

度势审时听落子，握瑜怀瑾看和牌。

夕阳挽起仙翁臂，送至家门酒美哉。

第二届「诗词中国」传统诗词创作大赛获奖作品选

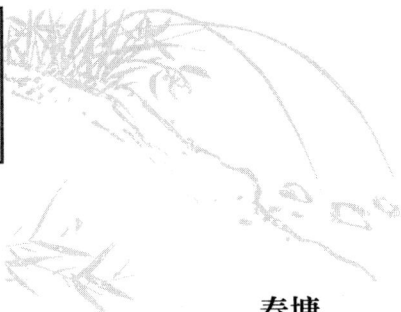

律诗

春塘

徐修杰

徐步南园访绿茵，清晨三月鸟啼频。

风梳弱柳千丝发，日照新塘万点鳞。

碧水倚桥窥玉竹，黄花怜影妒伊人。

不须蜂蝶添纷扰，一片蛙声一树春。

初游岳麓书院

黄河洋

山空心自静，树密鸟栖森。

浅绿玄窗引，浓晴朗日参。

檐牙津岁月，舍道漫筝琴。

夕照松涛急，罡风有赋音。

鹧鸪天　矿工张二虎退休作此赠别
丁　欣

驾得穿梭井口车，风枪直向地心斜。乌金滚滚流成海，黑脸斑斑涂满花。　　春世界，火年华，由君送到万人家。归来笑品安康曲，茶酒临窗倚晚霞。

西江月　小村之春
杜天明

叫醒香葱上市，痴看老树抽芽。东风一夜惹喧哗，垄上铁牛潇洒。　　得意露珠脉脉，及时细雨沙沙。一枝心事小桃花，回味些些情话。

行香子　山村喜事

郭庆俊

唢呐催春，鞭炮添欣。小山村、高调迎新。农家大院，喜气盈门。有满场花，满场酒，满场宾。　　良辰美景，婚姻如意。乐翻了、一寨山民。鸳鸯成对，携手躬身。正拜天地，拜宗祖，拜双亲。

临江仙　母爱

侯良田

白发苍颜辛苦命，油盐锅碗茶瓶。耕云纺月惯平生。木梭机上线，火炕小油灯。　　大爱寸心难报答，情深难忘叮咛。魂牵梦绕唤儿声。声声催落泪，游子不堪听。

采桑子

蒋　田

洗尘涤暑三番雨，红了怀枝，熟了黄皮，肥了香芒果更低。

苍天兑现酬勤诺，豆满东篱，瓜满郊畦，福满农家喜上眉。

词

二等奖

浣溪沙　恋别故乡

吕鄂川

去岁还余腊酒鲜，离愁总怕梦魂牵。此行恐又两三年。

似雪梨花香井院，如酥细雨润桑田。最难舍处是堂前。

眼儿媚　农家乐

江跃平

飞絮轻柔扑春装。酒困倚斜阳。蝶儿飞舞，燕儿戏语，风送花香。　　山风吹皱荷塘水，日暮已天凉。蛙声一片，牧歌晚唱，烟绕山庄。

西江月　卖菜姑娘

萧露浓

沃土大棚良种,辣椒白菜黄瓜。菜车辗碎雾花花。集市摇唇论价。　　时尚新装挑选,金银首饰如霞。新婚破例我当家。领略青春潇洒。

清平乐　河边放牛

丁加华

少年暑假,牛放东河汉。跳跃草丛扑蚂蚱,今日工分记下。涓涓碧水含天,芊芊绿草情牵。多少耕牛老去,曾经地里挥鞭。

词

西江月　桃花词
雷波涌

燕瘦环肥人面，宜浓宜淡桃花。动情一处落飞霞，真正春来灞下。　　翁婿一杯言醉，姑姨两线穿纱。满门喜事在谁家，到处东风陪嫁。

八声甘州　怀稼轩
朱宝纯

正天青云白日初红，好风送凉秋。笑芦花欲雪，蓦然飞起，一片闲愁。谁把栏杆拍遍，醉里看吴钩。只有平沙雁，寥落沧洲。　　漫检长歌短调，甚平生自得，夙夜夷犹。问古今同慨，归梦绕神州。想稼轩、冲天豪气，策平戎、年少万兜鍪。无端恨，何人又写，笔底深忧。

菩萨蛮　在坦桑尼亚遇故知
姚任民

晴空沙白群鸥起，家山回望波无际。相遇在他乡，海风椰影长。　　涛声家万里，游子伤归意。茶语夕阳中，丁香花气浓。

菩萨蛮　思高
景海昌

春来无处春消息，千山枯槁千山寂。万木对寒风，不摇半点红。　　漫思高绝去，应是舒怀处。虽道不胜寒，一峰一豁然。

词

二等奖

浣溪沙　甲午中秋听琴赋

赵　键

玉阁清风纳月深，相逢携手共登临。花笺篆字暗香沉。

万种忧怀轻一掷，百年感慨付孤吟。诗书足以对瑶琴。

临江仙　秋

刘泽高

万水千山生雾嶂，云中归雁长鸣。两江绿水去无声，菊香滨岸艳，叶落树枝横。　　间阖萧萧幽梦醒，奈何秋景缠萦，人生几个淡功名，百花经四季，尘世有枯荣。

喝火令　小聚涪州

谭小仕

宅外斜阳落,山前暮霭升。晚来江面水波平。尘世夜阑风静,灯火满城明。　　不见梅花影,时闻笑语声。一壶佳酿送三更。记住涪州,记住碧云亭,记住北岩书院,处处有诗情。

浪淘沙　游华山

宋纪功

莫道蜀途难,更有华山。悬崖峭壁柱蓝天。索链悠悠惊险路,如荡秋千。　　仙境在山巅,风物奇观。莲花怒放碧云间。夙愿得酬真乃是,无限欣然。

鹧鸪天　暮春随笔

郝翠娟

陌上梨花着露痕，一行还浅一行深。拈来风事疏林锁，吹落芳心无处寻。　　翻旧历，对清樽。几声叹惋过黄昏。东山又见朦胧月，也照残笺也照人。

浣溪沙　落花

何　云

小院黄昏细雨濛，纱帘垂落小楼东。半遮狼藉半遮风。好梦莫从欢处忆，名花休向盛时逢。怎堪泪眼对残红？

鹧鸪天　醉诗

程良宝

　　许是多情耽爱诗，也曾寂寞也曾痴。炉前已品茶三道，笔底还添梅一枝。　　魂未死，梦何迟。胸怀明月水山知。唐音宋韵癫狂用，浅唱低吟好渡时。

浣溪纱　夜宿山村农家

傅炳熙

　　远客新来如到家，儿童洒扫媪烹茶。闻声迎出隔墙花。野蔌山肴香别溢，布衾竹榻梦偏华。重游认取棘篱斜。

词

浣溪沙

刘　驰

澹澹波光入翠痕，凌空飞落数峰沉。幽兰一叶过桥门。

摇曳圆荷出碧水，依稀斜燕下黄昏。从今宜作采莲人。

满江红　登华山

沈　滢

巨刃摩天，烟云沍、遥峰明灭。崖万仞、石平如砥，景观奇绝。一径若悬天下险，五峰似踞寰中别。振臂呼、身在最高层，真豪杰。　　东南望，山峦缺。西北瞰，河流折。赞山河壮美，激情英发。万古愁云风卷去，千秋功罪人评说。莫参禅、心净了无尘，胸襟阔。

卜算子　忆儿时

王和仁

两鬓已生霜，常忆儿时候。爬树攀枝掏鹊巢，鞋破衣衫垢。　　霞染漫山红，身后随黄狗。娘在村头唤乳名，鞭响催羊走。

踏莎行　龙堰村

郑　力

栀子偷春，芭蕉覆影。泉阴无赖流红定。蔑刀细细更分篁，悠悠牧笛才过岭。　　宿草连坡，艾蒿一径。后山歌起前山应。撩云不雨便成晴，半塘蝌蚪浮新泳。

词

三等奖

浪淘沙　郊游
胡方元

重绿透帘栊，春又匆匆。闲来郊外觅芳踪。白絮似绵零落尽，剩有清风。　野径数花丛，浅紫深红。忽闻莺语起高桐。小麦满畦都秀遍，青也茸茸。

江城子　务工者
韩行杰

晨鸡啼早破轻寒，袅村烟，木桥边，细柳垂丝，重露泪潸潸。背负妻儿衣食计，足迹远，路艰难。　天涯一去待穷年，小窗前，丈天渊，红瘦西风，转眼又秋残。伤逝别离惟有梦，黄叶落，话家山。

诗心已共春花发

喝火令　小村晨景

谭小仕

绿草生成画，鲜花配入文，大江南北已新春。天下百般风景，空水共氤氲。　　鸟语窗前叫，湖光笔上分，自然都是故乡人。只见桥边，只见老农民，只见学童三个，快步出西村。

南歌子　春意

肖少平

乳燕呢喃处，风清叶叶新。一坡莎草细如鳞。见有娇阳拍照、绿成茵。　　老叟宽衣带，童儿秀蝶裙。嫣然作戏两天真。检点梅花落瓣、摆成春。

浣溪纱　游沈丘竹林寺遗址

宋广勤

杨柳风轻拂嫩芽，竹林深处是谁家？藏经阁外听琵琶。

黄卷青灯人未老，金风玉露月初斜。千年旧事忆繁华。

一剪梅

贡　哲

青史红尘梦未央。醉莫匆忙，醒莫匆忙。闲云野鹤住无常。何处他乡，何处家乡。　　且任心情世外藏。莫笑萧郎，莫羡周郎。功名不必总思量。侧帽轻狂，落帽疏狂。

浣溪沙　五尖山采风

沈保玲

百里画屏开五峰，幽泉深岫翠烟笼。采芳觅胜趁晴空。

墨弄花间三月韵，诗吟竹下一襟风。归来犹带笑颜红。

鹧鸪天　游南戴河中华荷园

田盛林

舞翠摇红云水间，前身谁信一荒滩。亭台坊榭荷香动，字画诗文雅韵传。　　清世界，静因缘。随行随止总悠然。乌篷短棹轻歌泛，过眼游人若个仙。

新雁过妆楼

靖万里

卧亦融融。游亦乐、高岳阔海无穷。放怀随意，宽路细径皆通。五柳桃源灵运履，两般景致一般浓。自从容。信心驻步，何必匆匆。　　山川纵横左右，沐华光丽日，上下西东。过尽流霞，还有匹练悬空。林中溪畔小坐，耳听得秋天响大风。浮云外，影远声高处，当是征鸿。

雨霖铃　怀人

陈凡章

秋山空目。阵云高兀，乱簇烟木。林嵊自减罗翠，沂江碧水，蒲阳初肃。爱守君山千里，自行吟江麓。也寂寂、收翠新霜，酒力西风百花簌。　　人间似有情难复。陆年来、辑此秋花烛？萦望澹海相隔，应念我、守身冰玉。眼底云愁，知是真情粉泪难触。算又尽、些子疏狂，醉过潇潇竹。

浣溪沙　昆山玉

陈凡章

谁似昆山玉宝珍，清华铅洗脱埃尘。天然雕饰水波鳞。只取冰心流艳骨，愿将净土化阳春。化生天界道家纯。

苏幕遮

张洪海

北风凉，黄叶坠。叶问霜秋，叶问霜秋季。落落飘然天地外。若写陈年，若写陈年事。　几行书，千古意。下笔寒烟，下笔寒烟醉。拭手神来三五字。点化沧桑，点化沧桑泪。

眼儿媚　梨花

杜天明

应诺清风拢行云，溪畔等闲春。白衣胜雪，红唇衔蝶，入画天真。　七分妩媚三分淡，花下马蹄温。去年也是，香消酒力，月送离人。

渔歌子　鸟离庭

杨玉华

半树黄橙半树青，斜枝搭作五花棚。风入户，鸟离庭。相思傍柳雀无声。

南乡子　年终感怀

池伯崇

一晃到寒冬，荒野萧条与昔同。回顾一年多少事，匆匆。春去秋来在梦中。　　风雨感情浓，往返途中见影踪。浊酒一杯乘月色，朦朦。一去经年又落空。

唐多令　武昌水果湖放鹰台

夏思诚

　　银笛洗清秋，平湖一目收。放鹰台、无觅诗酋。杜宇多情怜倦客，长唤我、滞芳洲。　　酒醉千愁，扁舟忆旧游。弄梅花、水调歌头。静夜听涛邀皓月，真豪杰、自风流。

满庭芳　马

宁泉溪

　　共驷雄风，单骑傲骨，奋蹄驰骋乾坤。边关大漠，万里踏征尘。相伴豪杰无数，逢沙场、赤胆忠魂。峥嵘处，识途信步，功绩载辕门。　　生涯常负重，耕耘沃土，荷驾车轮。俯首披寒暑，踊跃夕晨。不恋南山槽枥，怀襟抱、骧立昆仑。歇鞍日，扬鬃长啸，无愧报人伦。

152

梦江南　重回汴京作

沙宾宾

重回汴，还是旧时颜。道畔林间人寂寂，湖心塔影意悠然。一去又经年。

重回汴，风月竞相摧。是处已无堪著我，此身除外更凭谁？人事半成非。

重回汴，正是桂香时。日月偷移黄叶老，风光无改故人稀。临别却依依。

玉楼春　秋梦

戴大海

树添萧瑟丝添雪，初片才飞群片列。短篱何处觅花黄？鸿雁声声肠痛彻。　　小楼昨夜闻香屑，笑语温音情貌切。三年辛苦不寻常，一枕嫩凉天上月。

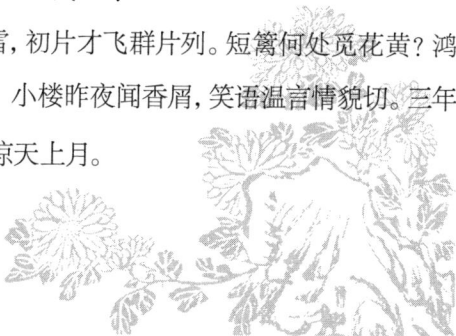

更漏子　秋风又绿江南岸

黄　勇

　　嫩枝鲜,荷叶翠。一缕秋风回味。明月夜,艳阳天。一双雏燕翩。　　山头雾,平原路。一溜田埂小树。人带笑,马携声。醉留船上更。

忆江南　阳春会友

郭素敏

　　春光好,一派艳阳天。远眺峥嵘山竞秀,近观滴翠柳含烟。溪涧水潺潺。

　　欣相会,众友尽欢颜。阔论高谈惊四座,清词丽句咏千篇。无酒亦沉酣。

渔家傲　长城行

雷波涌

塞上不闻羌笛怨，边声鼓角天涯远。汉瓦秦砖陈迹乱。谁能辩？腥风雪雨都吹散。　　不到长城非好汉，江山万里迷人眼。秋色空灵贪眷恋。君不见，南来北往翩飞燕。

蝶恋花　夕阳游

左　健

湖面鸳鸯双戏水。燕子低飞，落在亭檐背。坡上桃花开正魅，采支追赠廊桥尾。　　窄径宽裙扬妩媚。羞见行人，松手还牵袂。为恼多情遭咧嘴，拽伊侧入丘山翠。

词

疏影

许 磊

黄昏雨歇。正穆清景象，寥落时节。败柳疏枝，衰草添霜，寒蛩砌语凄切。南隅有意邀秋驻，但积攒、梧桐枯叶。忍薄衣、漏夜归来，水影远灯明灭。　　何处琴筝乐起，引霜重露冷，鸦鹊啼咽。久立阳台，抚拭阑干，半倚深云孤月。沉吟古往今来事，任几度、北风吹彻。觅暗香、墙角寒株，静待凛冬初雪。

喝火令　闺盼

谭小仕

把酒杯将尽，填词夜已深。楚云湘雨早无心。看惯帅男痴女，良友更难寻。　　泪别胭脂粉，情衷翰墨林。一帘幽梦到如今。待等红娘，待等石灰吟。待等望穿秋水，也许有知音。

渔家傲

车其磊

晚雨廉纤风细细，烟光草色连天际。一去绝无车马至。初睡起，红楼镇日朱门闭。　　思绪悠悠飞万里，君心恐与前时异。又是明朝流潦地。归阻计，无人会我凭栏意。

忆江南

杨发奎

家乡忆，再忆是春山。坡上马衔芳草地，林中蝶舞杏花天。梦里也魂牵。

词

优秀奖

点绛唇

单东升

绿柳如烟，软风拂岸波光渺。却烦花鸟，底事相喧扰。

一许清愁，往忆伊人好。情难了。凭风缥缈，寄与知音晓。

浪淘沙

许建武

昔酒二三人，闲共云深。苍鹰数点点归尘。明日黄花昨日好，路漫何寻。　　雨落水无痕，谁与相闻。推窗惊梦梦如垠。最是青山愁梵境，残月寒村。

忆秦娥　四月二日塔山扫墓

沈　滢

清明节，零风剩雨心悲切。心悲切，墓园松翠，故人长绝。谁能管领人无别？谁能主宰花无缺？花无缺，一行红泪，杜鹃啼血。

鹧鸪天　思绪

臧文林

梦起悠悠往事侵，天涯漫漫觅知音。十年利剑堪磨久，两处心融铁化金。　　浓墨舞，小诗吟。翩然一曲路千寻。愿留海角停歇处，静对晨钟抚古琴。

词

鹧鸪天　东城夜景

刘　军

杨柳轻梢月上头，云缠水绕彩妆楼。今宵火树银花落，霞入东城柳抱秋。　　星等候，月还留。夜阑尽显翠林幽。风遥疏影行人路，尽是清香紫气收。

踏莎行　春日偶得

赵　键

淡墨生香，疏梅寄傲。轩窗一缕青阳早。雨馀留取蕊珠寒，春和堪画风华貌。　　信步闲庭，行吟翠晓。叩门燕雀枝头闹。茶烟花影枕书眠，流光镜里人年少。

浣溪沙　夏晨独行河畔

郝秀普

草味清芬路面光，晨曦水岸任徜徉。一丝静谧在心房。

摇曳琼花堪入目，联翩翠柳恰成行。心旌飞舞似风扬。

浪淘沙　雨后登云明山

侯良田

世外小乾坤，一树蝉音。青山过雨更清新。最是蝶魂香一片，都系花心。　　花气竞留人，忘却劳辛。晚归落日小山村。弯巷仄斜生古意，问酒乡邻。

词

临江仙　临淄怀古

侯良田

临淄从来多古意，雄谈稷下风流。如今诸子在何游？斜阳萧瑟里，几座古坟头。　　只记先生弹铗事，归来作伴云鸥。丰衣足食复何求？清风垂柳下，添个小渔舟。

归自谣

殷耀斌

波潋滟，池上清风枝上见。柳丝摇曳风姿艳。　　斜阳却照深庭院，谁嫌晚？楼头坐看云舒卷。

临江仙　探梅遇雨

风雨狂客

漫道山高挂雪，更朝林下寻香。偏将丝雨点梅妆。一天风挤簇，夹水露成双。　　微趣无须解意，轻尘怎可褰裳。随寒云去又何妨。由来疏影梦，散碎入青塘。

浣溪沙　秦岭秋

郭根山

枫叶流丹桦树黄，桂馨菊放蕊含香。秋风秋雨唤秋妆。虫唱声消失律吕，雁鸣影过向南方。明春秦岭更秾芳。

雨霖铃　飞天

靖万里

人生何悦。把千场醉，去作心诀。光天化日同覆，苍生万物，谁能离辙。不论非常特立，信天道无谲。最是好、安步随缘，自有陶然乐来迭。　　无端动地惊天抉。叹嫦娥、一念将身子。空留好梦高处，情汗漫、与谁同颉。上了青天，无奈归途，不再为设。问悔否、今夜寒来，独领西风洌。

清平乐　春

刘辉林

蟾宫欲满，昼夜争长短。未罢禾锄天色晚，谁为生灵辗转？　　星稀冷月如勾，先贤叹水东流。案上诗书胜酒，千年贮满金瓯。

浪淘沙　蒹葭

周文渊

　　春夏翠萋萋，勃勃生机。顶风遏浪赖根基。摇曳秋风飘荡荡，花絮欣飞。　　冬冷不伤悲，梦韵秦诗。奈何霜雪逼枯衰。几阵春风春雨后，又出新姿。

采桑子　咏桂

孙个秦

　　群芳欲谢还余桂，枝也平常。叶也平常，蕊小花轻暗暗藏。　　一夕吐露黄金粟，风也添香。月也添香，酿作琼瑶且傲霜。

词

优秀奖

点绛唇　春湖

姚任民

水色烟光，柔风细柳轻轻舞。望湖楼墅，不晓谁家住。

粉白嫣红，桃李新堤路。春如许。盖楼人去，洒汗今何处？

霓裳中序第一　蒲公英

周双芹

凭风欲逐日，怎奈天涯身寂寂。偏又雨来忒急。恨无叶蔽遮，无人探拾。心头戚戚。问有谁、同尔相惜？萧森夜，奈和冷共，黯黯独思忆。　　何觅。那时踪迹。最念是、莺梭撩碧。黄英凝露俏立，小径擎杯，野岭添色。锦屏难着墨。算只有、神仙妙笔。而今却，飘零他处，任乱绪堆积。

诗心已共春花发

卜算子　咏秋

姚丙辉

人道仲春妍，我谓深秋俏。杏叶金黄橘子红，是处秋花笑。　　生命如昙花，明日容颜老。休咏曹操短歌行，应诵斜阳好。

临江仙　怀念张贤亮

张云泽

大漠孤烟归大漠，长河落日长圆。《大风歌》罢泛狂澜。面朝黄土地，遥望贺兰山。　　炼狱九重家万里，魂兮知向谁边。春风已度玉门关。文章千古事，云鹤矞长天。

一剪梅　南京马叉河钓鱼

雷秀华

比翼车结假日情。烟也蒙蒙，水也蒙蒙。欢歌惊醒众精灵。白鹭飞迎，紫燕穿行。　　绿染江南远翠屏。天上云横，岸上香盈。一杆甩向大河中。一个仙翁，一缕仙风。

鹧鸪天　打工者

徐英成

身似飞蓬影似烟，漂泊辗转到天边。历经岁月风霜雪，尝遍人生苦辣酸。　　肠欲断，眼将穿。几回夜梦绕乡关。家中妻子高堂母，归后方能免挂牵！

阮郎归　金秋颂

徐宣波

采花篱下露成霜，金风吹过冈。羞红田垅夜高粱，桂花送暗香。　　迎旭日，菊簪黄。踏歌沐暖阳。殷民惠政筑辉煌，千秋百业昌。

菩萨蛮　西北行

周　磊

黄云边塞西风冽，残阳血染胡杨叶。朔漠咽琵琶，玉门关外霞。　　驼铃鸣古道，薄暮归飞鸟。冷月映关山，孤鸿征路寒。

词

喝火令

闪　晖

烛影知心事，青枝傍月窗。晓风吹彻看花黄。寒夜本来多绪，人远胜秋凉。　　结下相思扣，游丝比梦长。怎将烟水渡魂伤。也记红妆，也记绿荷塘。也记两相依就，忘却雨淋廊。

蝶恋花　悼姚贝娜

张　韧

一夜西风摧碧树。绝代风华，无故遭天妒。锦瑟年华星耀处，芳菲陨落香留驻。　　薄命红颜谁眷顾？不唱情歌，梦断红尘路。也许明天天尽处，九霄重见惊鸿舞。

踏莎行

陈朝建

箫管声息，江城日暮。云蒸霞蔚危峰竖。窗含远岫送青来，只合断雁偏宜住。　　一簇烟村，两三霜树。灯窗齐亮千家户。夜来梦似已还乡，时闻犬吠茫茫路。

咏东林书院对联感时

张志勇

四百年前东林语，耳畔犹有绕梁音。

匡弊何惜身万死，图新不畏鼎镬临。

摒却忠君事不论，深知系重在民心。

谁云热血昔已矣? 慷慨犹能涌至今。

我今思之书阁下，展卷未敢忘东林。

中华自古多磨难，我辈岂止于微吟。

十三亿人重抖擞，砺磨剑气偕梦寻。

怀父母

朱璧树

昨夜三更雨，梦魂回故乡。

土墙茅屋破，菊圃篱笆荒。

父荷南山草，母收北地粮。

音容恒慈爱，颜貌有沧桑。

睡醒耳雷鸣，崩肝复断肠。

父亲殁数载，故里母凄凉。

坡野觅柴什，苍天增寿长。

雁鱼来杳杳，岁月去茫茫。

未报三春晖，愧为草向阳。

问心儿罪永，双泪沾衣裳。

风雨交响曲

张发强

青云生海上,翻滚到农家。

树木折枝桠,门窗争喧哗。

雨扯千条线,入水万点花。

层层风搅雨,阵阵浪拍沙。

房瓦鸣金鼓,树叶响唰唰。

檐下有铁盆,奋然弹长铗。

风云收战阵,雨残剩滴嗒。

莫为言寂寥,尚有一池蛙。

秧苗青青 有感农村留守老人作

张发强

秧苗何青青,老农独自耕。

耕耘不惜力,踯躅垄上行。

弯腰挥锄镐,喘息汗气蒸。

闻有飞鸟过,扶锄望远峰。

远峰更远处,少壮去务工。

亲人望不到,眼前绿葱茏。

心血付稼穑,子孙寄余生。

殷殷心中意,切切眼中情。

旁人感于此,唏嘘欲涕零。

游仙助农

许峻榕

野旷青山远，入夏油菜黄。

青壮打工去，收割老人忙。

人老力不济，公仆助收藏。

连枷空中舞，汗水润衣裳。

村妇表谢意，枇杷田间尝。

言谈意切切，朴直动人肠。

卖瓜翁

侯良田

闷夏汗流背如弓，老翁破扇摇清风。

独守冷摊眉不展，见来买主荡笑容。

皮薄肉脆皆自种，香甜爽口瓜瓤红。

人前提秤叹瓜贱，今年回本又成空。

不顾病身熬酷暑，只期丰产补家穷。

草间虫语难入梦，一亩瓜费半年功。

每遇天灾肝火旺，但盼政令不伤农。

日落西山瓜犹剩，依旧叫卖夕阳中。

赛罕坝

洪恩凯

青山深深秋草鲜，野牧溪畔短笛传。

千辛万苦登绝顶，峰峦尽处见高原。

脚踏白云头顶天，寒水粼粼映红杉。

前程有路驰骏马，回首沟壑接大川。

朔风迎来开心事，牛羊遍地望远山。

胡笳北去三千里，大雁留声是家园。

第二届「诗词中国」传统诗词创作大赛获奖作品选

清明祭父

吕凡东

家家含泪清明天，人间处处起坟烟。

去年犹能问汤药，今朝唯有送纸钱。

野田荒坡千里外，一抔黄土御风寒。

堪怜家道多坎坷，一生辛苦未得闲。

生我劬劳竟何用？细雨和泪落坟前。

莫斯科参观二战纪念馆

张绪中

接战寒冬苦，大火燃半城。

战机千余架，呼啸裂长空。

浅壕传白羽，铁骑百淋铃。

战士向敌阵，妇孺尽把弓。

矢穿天地黑，血染水陆红。

集团坦克群，隆隆动地风。

合围伴月晕，分守紫金鸣。

一战定千古，长缨缚苍龙。

回家过年

周新发

大车扬沙尘，迢迢奔故乡。

节是家乡好，花是家里香。

扑面风犹冷，衰草正枯黄。

游子归思时，东山已新阳。

男儿志四海，建功在八方。

岂因固所执，父老两相忘。

花木兰

杨金明

俏立花前花妒艳，闲停月下月失颜。

诗成看过倾心易，曲罢闻之忍泪难。

曼舞蝶飞芳草上，轻歌鸟唱翠林间。

千里风云更铁甲，百万匈奴俱胆寒。

守疆卫国男儿事，自此止于花木兰。

巾帼不让须眉志，青史留名百世传。

绣十字绣

焦桂兰

老妇来年六十六，如今爱上十字绣。

闲暇无事窗前坐，彩线穿针画里游。

百鸟朝凤青山翠，旭日东升川水流。

绣出美好中国梦，最美夕阳绣里头。

村居

高　鸿

村居远尘，寂寂语疏。

鸟语过耳，野风常拂。

夜听鸣虫，朝闻鹧鸪。

诗文寓目，衣食知足。

丹青卧游，信笔鸦涂。

浮云不睹，古风犹慕。

戏韵自遣，心观悲苦。

咬文嚼字，落笔殊途。

西风虽染，寻论求古。

止语经年，难得糊涂。

书藏蝴蝶，墨荒笔枯。

野人献曝，不求免俗。

农家

许峻榕

门前花木手自栽，满目风情随春来。

粉蝶翩跹迎风舞，繁花绰约斗艳开。

婆娑玉叶梳月影，剔透玛瑙释君怀。

良夜相邀尽可乐，放纵诗情上瑶台。

霸王组诗一　出世

石华章

将门虎子辈辈传，霸王出世已不凡。

军中八千子弟兵，桓楚于英持響前。

麾下季布钟离昧，文韬武略无人拦。

沙场佳人常相伴，帐前虞姬歌声甜。

乌骓追风赛流星，丈八画戟使人寒。

拥立义帝复故国，范增运畴气定闲。

大枪阵前万人敌，一代战神武功全。

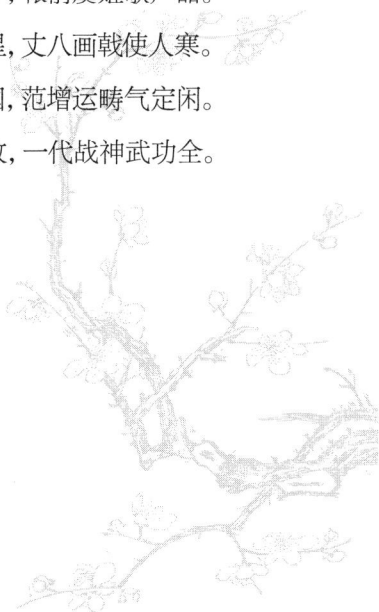

过电视台南河叉有感

洪恩凯

石径深深芳草斜，小桥流水到人家。

小荷初露不相问，隔年老树又着花。

抡丝垂钩等愿者，无论鱼龙与河虾。

偷得平日一分闲，赶去南山种豆瓜。

芳容烙在心

赵国栋

小学时，君欲同桌，因是女生，坚拒之，心实爱慕。年逾长，逾念之，终生暗恋。

识君年尚少，难解恋情珍。

从此常追忆，相思到目今。

家居实不远，却与天壤分。

离后未曾见，恨遗十数春。

来生如再遇，心事要明君。

我亦存真爱，芳容烙在心。

诗心已共春花发·

雪后春

武建东

眼前不再行人绝，一路走来皆是雪。

打滑车轮碾岁华，翻腾心事动真切。

知君更爱此时逢，笑我徒怜昔年别。

日出雪消谁奈何？东风又到春时节。

访羲之故居

吕幸幸

暄风漫漫情悠悠，岖路绵绵至沂州。

兴来携友入芳境，品韵散怀至此休。

钟灵毓秀养书圣，动毫能使晋墨留。

只期洗砚池边醉，逸少遗风聚笔头。

优秀奖

咏风筝

杨继东

凭借东风上碧霄, 浮云载梦正相招。

升沉毕竟关人事, 汲汲之心已暗消。

生日遗情书

雷波涌

四十八岁人半老, 二十八年情半耗?

人老不复返年少, 情耗奈何未见消。

无边露水泪成渠, 叶叶心心干不了。

愿君长命如流水, 妾泪为君汇成潮。

诗心已共春花发 ·

打工在外思家

张守旗

陋室灯光明，孤冷寂无声。

不敢长耗电，唯恐罚薪工。

心寒梦归处，故乡暖心胸。

短信慰家人，殷殷是真情。

美女

王树凯

美女来云畔，盈盈轻如燕。

霞衣七彩发，兰风十里遍。

可怜小蛮腰，婀娜修影倩。

飞瀑下青丝，芙蓉开粉面。

樱唇巧笑生，蛾眉黛山远。

山下荡清泉，秋波频射电。

行者忘其行，卖者忘其唤。

杨柳何依依，娇娃何妖艳。

芳尘远横塘，蝶随谁家院？

草木不求折，久望空留恋。

金屋亦难藏，已幸得一见。

优秀奖

悼外婆

丁曼玲

双鬟初绾外婆桥, 遮风挡雨怀中娇。

银针绣出葡萄紫, 蝴蝶系上小辫梢。

常忆苦辛鞠养处, 热泪盈襟清梦遥。

把酒家祭在天灵, 一腔赤诚传碧霄。

逐梦中华　边防颂

李旭升

万顷狂涛乘风履, 九天豪情荡云游。

悚崖险渊摘星斗, 雪岭金莲我为求。

送得日月冰川外, 春风十里可不留?

虚怀容得天地秀, 碧血华夏裹锦裘。

梦高原

罗永新

明月出东方，冰轮浮天海。

浩其万里辉，千山披轻彩。

素娥当空剑，青女拂云来。

野狼出共舞，绿荧满峰塞。

经河游鹿饮，回鹤岸轻拍。

我亦乐其中，长歌竟清籁。

他年会高域，俗境梦洁台。

青少分赛获奖作品选

绝句

端午

徐　坤

年年包棕迎端午，一片丹心屈子怀。

破浪龙舟争竞渡，离骚句句踏波来。

无月

施嘉叶

莫道身如米粒微，一苞枝上自芳菲。

不愁明月中天逝，尚有繁星点点辉。

思友

丁心怡

轻风拂细柳,鸟雀静无声。

独靠窗棂坐,何时与友逢?

登楼

张元明

登楼尘世远,应似上青天。

回首层云外,孤城海浪边。

夜行江畔

张子霄

橘树安宁睡,湘江寂寞流。

星烟忽破夜,独望月梢头。

闲时一游

王宏宏

绵延山岳留云住，潺静溪泉锁雾生。

常困书中欢乐少，今来此地会春风。

春日初醒

毛人杰

春日阳光暖，寻芳草木间。

惺忪开柳眼，花气欲熏山。

湖畔

胡书馨

缀露蛛丝如水帘，芦花万朵若云闲。

痴儿一诵兼葭后，拍岸清波漾古寒。

题溪流图

叶增林

瀑流一注似长绢，鱼水相嬉拟笑颜。

愿作苍生闲散客，长居溪畔渡残年。

醉露

李险峰

觉秋杨柳染寒霜，邀与陵山赏菊黄。

今上高空云接短，另行孤径蝶含芳。

无题

李茂晨

山清敲㑊鼓，月落抚箜篌。

遐处人应寐，音声空自流。

绝句

金鱼

王梓轩

碧水浮萍聚，金袍挂赤旗。

趔趄如绮舞，恋恋似夫妻。

七绝

付力丹

暮烟袅袅寒鸦驻，梅影疏疏映雪辉。

执卷慵读疑入梦，隔窗闻道故人归。

映山红

肖 潘

山惹斜阳顾，花倾万木中。

杜鹃红胜火，一叶压千红。

五绝

左金鹏

看破那本源，方知有洞天。

了无愁苦寄，怎写灶王年。

无题

左金鹏

庭院清寒满雪深，等闲负了镜中人。

无情风雨催花谢，酒醉楼台再向春。

甲午重阳节有感

王　实

玲珑碧叶迟迟落，欲见重阳簇簇花。

雨化菊香持酒问，明朝霜至客何家？

绝句

三等奖

·诗心已共春花发·

陶潜

王欣迪

今人莫笑古人蠢，逝去光阴难再寻。

陶令若能今日在，如何采菊隐山林。

独坐幽亭河边所作

孙亚文

朝过春风晚过霞，幽亭独坐忘还家。

轻舟随水行千里，半缕忧思寄梦涯。

思项人　怀易安

陈思潭

青梅红袖年华瘦，黛冷黄飞岁月稠。

易醉江南荷沁酒，安寻汴北凤腾楼。

深秋游天鹅湖

赵梓如

残叶满荷塘，归南老雁慌。

夕阳飞柳下，钓者甩钩长。

拟遣怀

杨号南

世态炎凉落魄行，书田半亩自躬耕。

狂歌痛饮且为乐，岂教浮名绊此生。

雨后斜阳

马晨光

万里阴霾一日残，狂风卷净陋云干。

余晖璀璨八千丈，绝胜朝阳耀河山。

三等奖

问路

辛路路

晴云秀雨满庭香，一树梨花一寸藏。

不是桃庵非酒客，寻芳问路宋家庄。

———— 诗心已共春花发 ·

长城怀古

王嘉辉

万里青龙入海澜，寒风休得下江南。

古今多少英雄泪，化作残烟铁衣斑。

春节

张 喆

春节对起炮竹红，笑靥开颜喜气充。

但使凉风吹面快，也教寒冻笑颜浓。

观雪

刘思源

轻盈素絮沁衣袖，为睹真容隐逝烟。

漉印悄熏昙影映，一丝玉雅入心间。

绝句

梦

付慧新

晚秋月落遗孤舟，旧梦何寻暮雨收。

恣意难渡庸人事，多少浮华起高楼。

春雨

杨 璐

春雨如酥慢洗愁，东风不解此情休。

佳人远去难追忆，折下残梅挂柳头。

忆江南

邢婧妍

秋风细雨忆江南，路半红尘借景欢。

最盼听君歌一曲，流年往事寄京天。

诗心已共春花发 ·

春节有感

谭秋实

溶溶气暖日升烟，家人个个展笑颜。

济济一堂齐聚首，太平盛世享康安。

一等奖

早春

辛路路

时分乍寒暖，天气或晴阴。

芳草池塘浅，垂杨巷陌深。

微风画眉笔，细雨绣花针。

点检人和物，依稀古似今。

春晓

王　实

天高红日斜，新雀入千家。

水映青丝柳，蜂围粉面花。

初芽惊宿雨，凫雁沐晨霞。

莫待春光尽，俯身拾落华。

滕王阁

闪　帅

高阁浮天万物森，个中龙凤眼前人。

江山宣我林泉性，箜篌知君诗酒心。

孺子雄才凌日月，山人雅意染乾坤。

春风秋雨等闲度，沧浪情遥翰墨醇。

秋景

王志斌

谁识青山景，秋愁聚作云。

轻舟扬水晕，宿鸟入霜林。

拾叶难分色，看花俱是君。

年年离别泪，此刻最伤心。

律诗

梦别

李成杨

无尽忧愁日夜重，雁书未到此身空。

千条细柳随云没，万里清风与梦同。

仍忆来年轻若雾，犹思往事亮如虹。

唯将心付三秋水，不变江波只向东。

无题

张子霄

萧萧凉道远，喧叶乱芳菲。

无意乘星去，愁怀踏月归。

风霜浮冷面，树影谢幽梅。

暗巷何年尽？天南一雁飞。

律诗

霾

李成杨

遍处苍茫天未醒，重霾薄日现黎明。

擎天楼宇随霰没，巷道残形入烟轻。

帘起一痴回首忘，梦邪三问满心惊。

可怜话比如仙境，笑望此天不再晴。

自嘲

郑吉林

怅望南山酒一杯，沉吟搁笔对东篱。

风高昔有凌云志，墨尽今无动地诗。

猛气未随秋鬓改，年光偏向耳边移。

却将无限心中事，流作伤春女怨词。

登金陵凤凰台

鲁杨泰

凤凰台上望新愁，望尽天涯一小洲。

登阁稚童谦作赋，丧家老犬黯如丘。

楼中香暖温茶送，江外星垂冷月流。

此景酒倾还不尽，期期无语自空游。

年少秋兴

鲁杨泰

暮雨潇潇肃我秋，少年壮志莫言愁。

挥毫堪效王光禄，射虎还看孙仲谋。

望月楼前抒明意，凌烟阁上觅封侯。

待归桑梓忆得日，纵与天涯一处休。

笔

严　涵

秋毫为首木为身,下有清宣上有神。

兴至云烟挥手落, 运乖襟抱假君申。

文章千古一锥事, 善恶寸心三界因。

石墨成书无得白, 时时勤涤勿沾尘。

复旦大学采风

严　涵

暑去秋阳暖, 清风悄拂衣。

卿云悬日月, 深树掩墙扉。

正坐齐拍曲, 欢言几忘归。

交游图画里, 勿谓知音稀。

律诗

初中同学聚会后作

严 涵

旧容惊复见，新别惜难胜。

烂漫四年梦，痴狂一夕灯。

远来应有意，归去岂无朋。

人事原流水，江湖且独冯。

喜初霁

王俊期

小楼经久住，幽径自行欣。

风住七朝雨，云开万点金。

柔泥草浮色，疏叶鸟衔音。

方外何劳觅，清观亦澹心。

记龙池山行

何伊雯

昔从锦鲤经长寿，自以浮身近蕊珠。

客有零丁相目上，花无七八向阳趋。

新房陋瓦星如洒，古刹斜晖雾似濡。

借问龙池何所伏，一池绿水丛草枯。

注：长寿，庙前有放生池，池上有桥名"长寿"。蕊珠，传闻道教仙宫。

别古诗文大赛

赵倬成

不解先贤堂奥日，萧萧易水起心波。

亦将诸子为罗衾，也把长毫作铁戈。

字炼敢思求及第，诗吟岂是望登科。

七年心事随流水，独自闲行独自歌。

山中月色

陆慧嫣

东陆晓山青，松涛静月聆。

欲将风作马，还卷叶为萍。

月寂飞花蝶，山空舞夜萤。

无人歌好梦，脉脉怅零丁。

春雨

沈以昕

轻雨寻风落，新芽任意生。

青山着淡影，乌鹊报初晴。

一洗碧空净，三分春色明。

晚来闻欲雪，呼友入津亭。

思学

孔昊男

十载寒窗常勤奋，扬帆学海逆乘风。

身藏锦绣云飞翼，一点灵犀心两通。

提笔登科何畏惧? 诗书满腹总雷同。

愿学李杜添才气，袖口一吞成老翁。

新时代

牛紫妍

改革开放新思路，万象更新百姓福。

千户万家新面目，大城小巷尽桃符。

平民昂首身心悦，欣舞欢歌日月舒。

老有所依心无顾，家国康泰世自如。

春忙

杨　光

赤日黄天苦作忙，春源夏雨总荒唐。

颗颗粒粒难填腹，两两撮撮猛虎强。

最是煎熬昏暗日，黎明乍放见天光。

如今沃土接生气，百姓争当犁地郎。

赴西昌观嫦娥五号实验器发射有感

张子霄

一星雷断去，惊夜破天门。

混沌开盘月，清明耀梦魂。

曦来驱雾雨，山起定风云。

谁许秋声里，暗伤卓不群？

·诗心已共春花发·

恐作诗必远为律改意而有言

鲁杨泰

欲仿吟诗仙圣高，填词必远至湘潇。

仄平恐错更思意，巧笔常求炼画描。

情景不知皆物语，工夫外此自《逍遥》。

作之必为作而作，一作空中漫舞《韶》。

小雪有感

张子霄

久不逢雪，前日偶见，亦不复当年漫天之势矣。

微雪茫茫里，三年不复华。

寒风催絮起，沉霭代花发。

无意残枝路，仍怀清月家。

一番浑似梦，入手已无涯。

我素

李成杨

园中枝树挂星辰，梦转听时日已申。

心血微潮倾丽景，倦身轻漾醉湖津。

此生愿做娇羞女，来世何如澹荡人。

缥缈翕乎踪不定，绢丝不染落红尘。

西江月　秋游

徐　坤

着意湖光山色，随心酒劲难除。泛舟弄笛楚天舒。红叶黄花共舞。　　笔落尽书豪兴，诗成总在征途。少年狂放竟何如？唤取青春永驻！

西江月　龙腾圆梦

魏珞宁

暮薄河山依旧，遥知国盛龙腾。还思昨恨盈盈。不比如今安定。　　最喜人间烟火，有情还似无情。深庭小院我催醒。露溥人恬风静。

词

沁园春

郑吉林

飞去征鸿，影入天江，却忆旧游。念朱颜青鬓，轻狂年少，高风豪举，意气难收。英俊书生，飞扬翰墨，谈笑轻挥几度秋。晨鸡奋，唤五更梦起，剑气风流。　　晓风长入高楼。更吹去、江山千古愁。看大江东去，奔腾如许，惊涛卷尽，十亿神州。老却英雄，今人又是，从来风云事未休。千帆举，倩鹏风万里，吹送行舟。

蝶恋花　梦感

辛路路

梦醒石阶惊乱绪。风里萧萧，好梦偏难续。辗转难眠听旧曲，西窗独剪理思绪。　　自古易别偏淡聚。人去楼空，难寄一腔语。独踏小楼愁几许，离人最怕三更雨。

如梦令　考试

周美娟

往日学习没空，今试脑颅空洞。笔落卷挠心，左顾右瞄窥缝。　难弄，难弄，只有眼干脖痛。

采桑子　学中观雨微悲

毂梁慧子

忽而兴起隔窗眺，冷雨一宵。芳艳皆凋，满目零颓景寂萧。虽然败兴心终静，如水涤浇。继暑焚膏，执笔临书且苦熬。

渔歌子　窗前遐想

叶增林

庭外梅花色香浓，是年还又傲寒冬。

吟雨雪，赋西风。窗前遗梦乱飞红。

浪淘沙　放学路上

穀梁慧子

课罢下学堂，天色幽茫。喧声叫卖过街墙。栗子味甜诱梧叶，留胃余香。　　树滤碎夕阳，染草微黄。秋风应是畏寒凉。低泣彷徨寻暖意，入我衣裳。

念奴娇　抒志

徐　坤

少年抱负，驾高鹏凌云，撷星拿月。九万里风云怒卷，一笑犹期飞越。舞雪弓刀，生春笔墨，意气倾人杰。胸腾沧海，巨涛狂涌崩裂。　　蹉跎梦去无踪，万般寻觅，惆怅秋声咽。起看芳林寥落甚，满眼红枫如血。梦兮归来，归来伴我，不与青春别。一腔心志，岂甘从此销歇？

阮郎归

朱思涵

永天凉夜凤栖梧，画栏听雨孤。芭蕉分绿冷平芜。单衣能避无？　　封纸笔，废诗书。相思犹未除。此间尚有鸟相呼。还乡谁待吾。

词

菩萨蛮　乡思

朱思涵

　　西风破碎残花里，杜鹃声泣应无意。红叶染娥眉，楼台云雨霏。　　夜长无绪睡，榻有人憔悴。月落晓台辉，乡思浅浅回。

一剪梅

鲁杨泰

断雁西风乱我心。枯木相难，林里萧森。大江东去正当临。白浪滔空，便望天深。　　豪气不应复反斟。渺渺茫茫，人事何禁。羚羊挂角怎追寻。一作吟游，一作游吟。

满庭芳

魏珞宁

关塞萧条，风尘荏苒，可怜难赋深情。遣怀格调，随我下芜城。徒困风流积鬓，溅新绿、一片秋声。汉南柳，依依昨昔，何况解初程。　　苍烟弥戍角，西风浪浦，翻作虚情。妒吹寒哀竹，洒月筘兵。摇落江潭凄怆，旧时语、省起还惊。几多恨，树如识处，不会此青青。

词

永遇乐

魏珞宁

烟仄寒围，风遮汀渚，香冷尘句。泪贮春江，人凭深院，恨也无重数。黄花未吐。红凝已瘦，郑驿不堪秋杵。似词仙、东园商略，不合掷罢情绪。　　将摇藻幌，方依苔井，三十六陂难赋。细比朱门，还看萍面，残夜更阑语。愁愁灯影，迷迷痕迹，旧字已移风浦。闲闲晚、牢骚偏伴，染枝饮露。

浪淘沙

匡　欣

提笔描心芳，漫溯流光。悄将秋水化秋香。唯叹今生因缘尽，烟火寻常。　　旧梦碎新伤，莫道凄凉。落花飞絮半城霜。多少月明无意却，梨雨一场。

采桑子

匡 欣

落花难解长安忆，多少烟凝。却失烟凝，只将流年作晚晴。　　北风又奏离人律，莫过思卿。纵是思卿，梨雨逢时梦已零。

苏幕遮

匡 欣

断弦音，芳尘旧。碎影残风，花落胭脂瘦。欲洗相思一字透。镜水伊人，醉浅吟红豆。　　暗香柔，迷淡酒。珠落涟漪，微雨滑丝柳。自拟长歌提翠袖。梦浅不识，流苏相宜否。

词

苏幕遮

张子霄

树衔烟，衰草迹。天浅云薄、霭色沉沉里。冷面寒风无尽意。斜照残阳，当是伤情绪。　　月依稀，新酒曲。一念前时、多少欢无计。乍醒平生如梦旅。柳下谁折，同我烟波去？

忆江南

王亦馨

云初霁，怅雀缀西天。日暮酒歌风没泪，举杯笑顾忆曾欢。人远逝江烟。

水调歌头　自省不愁

张伊安

人事相交乱，世味似薄纱。月圆晓晓，薄雨丝恨打梨花。回转离黍愁苦，何处衷肠吐诉，酬应恨无暇。难觅知音客，隽永似清茶。　　朱弦旧，流水冻，道披麻。小楼一夜，听雨赏月亦称佳。自古多情空恨，何苦庸人自扰？独省证风华。浊世独身客，一笑看孤霞。

生查子

杨号南

千山比翼飞，暮雪白头老。长愿永相随，三生犹怨少。红绳挽发梢，世世同卿好。携手莫纷纭，此心天地晓。

临江仙　岁月难留

左金鹏

一曲琵琶肠欲断，远山暮雨斜阳。古亭绿水满沧桑。经年曾遇，舞袖媚娇娘。　　除却光阴不是水，难留往日匆忙。秋风傲骨几悲凉。输它岁月，消挫旧时光。

钗头凤

刘宏林

微风漫，江南岸。草催萍动烟云畔。羞无语，心轻语。水流花去，此情天寓。取，取，取。　　前缘淡，随风散。路归何处孤身叹。棋迟举，怨飞絮。斯人羁旅，旧局谁聚？虑，虑，虑。

浪淘沙　甲午中秋望月寄已辍学朋友

刘宏林

拾落桂谁同，醉倚南宫。只缘偷药少人容。夜夜孤身惟玉兔，清泪渐浓。　　惜宇雨阁琼，可叹楼空。心生悔意念芳丛。怎奈流年随水去，白露重重。

词

眼儿媚

孙　露

无奈香消燕南飞，盛景几时归。晨耕午憩，汗滴润土，尤恋余辉。　　霜风携雨织帘坠，小院故香围。橘涂金粉，金罂含笑，忙叩柴扉。

十六字令

黄韶秋

春，晴雾氤氲稚草温。东风醒，桃李灿纷纷。

十六字令

何伊雯

风，敛去寒枝万叶红。凭栏望，只旋舞重重。

少年游　说榉树

黄韶秋

江南有木未为闻，自掩入氤氲。伫于深壤，和庸淡静，无日不良辰。　　柏松千载难逃朽，不若守心真。坐看云穷，此时自在，勿动惹埃尘。

词

优秀奖

好事近

黄韶秋

曾恼诉无人，拂面夜寒微怅。偶得友侪三五，起豪情千丈。　　一年除旧岁新时，凛风也须让。年少志休言倦，自清歌高唱。

丑奴儿　戏赋高三

赵倬成

案几贻我书千卷，懒上层楼。懒上层楼，忍见韶光作水流？　　开轩已是梧桐落，多事之秋。多事之秋，宇内英豪尽白头。

踏莎行　自在

陆慧嫣

飞燕轻翩，舣舟长啸。清风漫漫春光照。离离草色遍天涯，碧空水镜桃花俏。　　忙里摘茶，闲来垂钓。乌篷不觉蛙声噪。人生在世本多愁，且偷自在三年少。

踏莎行

李沁园

不忆昔年，但闻今岁。临湖孤自朝天喟。只言英主莫曾逢，空怀韬略何执辔。　　塞上鸣弓，城头扬袂。刃折枪断身无废。待得天下忆秋归，聊聊一曲山河醉。

词

念奴娇　时光逝

谢睿童

　　叶飘风起，望天高云淡，绪思忽涌。秦始清结均作土，烟雨边关词颂。折扇烛台，镂窗重帐，葬史书翻弄。改朝换代，水流花舞颂洞。　　谁道皇府不眠，千年已过，余日月轮炯。飞逝时光难聚拢，难以止何能纵。物是人非，难分对错，何必具鸿恐？漠于艰险，不忡前路山耸。

天净沙　冬念

林诗雅

　　枯枝落叶冰湖，弃舟湖下游鱼。桥上行人横渡。阴云密布，离情更是难书。

卜算子　归乡

宋　燃

华彩满长街，春雪飞庭院。又到一年旧岁除，些许欣和怨。　　沦落异乡人，望月添思念。梦里犹闻杜宇鸣，啼血声声唤。

清平乐　开学

刘紫鹤

新春又至，上课从今始。学业不精实憾事，掐指学习百日。三月天高云淡，东风漫卷校园。勤学巧练博记，赢取梦想无限。

词

优
秀
奖

临江仙

辛路路

深巷重门春暗锁，行人莫问当时。令人怅触惹人迷。茵苔侵照壁，藏却旧年诗。　　墙头蘼花已悄落，空怀吹雨风姿。可能花萼似相思。一朝凋落后，蔓蔓剩青枝。

西江月

张子霄

雾里流歌过往，江风不尽彷徨。小楼东月暗凝霜。湘水依依难忘。　　一起舟波荡漾，远通无际天荒。秋心几许煞思量。夜漫橘洲模样。

满庭芳

张子霄

翠染新枝，风摇嫩叶，爱尽红惹晴窗。谁催梦醒？一片落花殇。行客匆匆过去，应怜此、同种春伤。难追忆，当初笑语，旧梦已茫茫！　　愁长。独不晓、流时何去，正逝斜阳。忽残月依依，悄浸流黄。将对明年此道，还惜叹、暗睡丁香。空垂泪，花应解语，无奈悼韶光。

浣溪沙

朱思涵

玉彻芳华几欲辞，寒洲万物竞飘离。一声秋雨许人题。不忍落红终去尽，奈何风雨滚长蹄。恨凭香魄作前泥。

古风

一等奖

青天

张元明

青天无尽，宇宙升晖。

万里长路，白日可追。

追之不得，仰首独悲。

茫茫尘世，何处心归。

冬日观雪有怀

张元明

明月照空山，冬来世境寒。

何人觅春去，衣上白花沾。

古风

李成杨

断峰一剑空，七步与魂同。

来去惊苌弘，纵横夺天工。

回日显六龙，凌天拔三松。

戎马意倥偬，驱车复向东。

三等奖

逢体育中考恰奉师命而为之

罗一飞

苍穹洒泪拂战场，碧落茫茫狮虎骧。

酣畅淋漓须尽意，豪气冲天当自强。

手握星辰摘日月，气吞山河定沧桑。

一门六二忠良将，鱼跃龙门破云翔。

竹

朱思涵

世人皆称竹性直，我言无人晓其痴。

纵使万城遍萧瑟，满身颜色亦相持。

丰宁坝上草原植树

闪　帅

塞上雄风潋甘泉，渠帅横空靖朔边。

新丰路上从容客，挥毫走马啸胡天。

忍望江南芳菲月，一隅幽梦叹偏安。

百战黄沙成碧野，兵不血刃固轩辕。

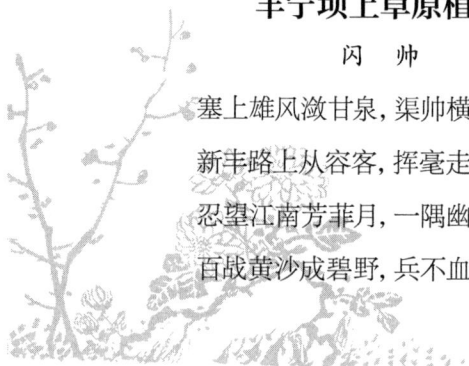

236

优秀奖

晚夕所感

朱思涵

青帘晚透半日风，斜阳微雨频添红。

岁月江山催人饮，千古离愁俱掌中。